Norah McClintock

WAS ICH SAH UND WAS ICH TAT

Norah McClintock

WAS ICH SAH UND WAS ICH TAT

Aus dem Englischen
von Kathrin Wolf

cbt

Bei diesem Buch wurden die durch das verwendete Material und die Produktion entstandenen CO_2-Emissionen ausgeglichen, indem der cbj Verlag ein Projekt zur Aufforstung in Brasilien unterstützt.
Weitere Informationen zu dem Projekt unter:
www.ClimatePartner.com/14044-1912-1001

MIX
Papier | Fördert gute Waldnutzung
FSC® C014496
FSC www.fsc.org

Wir produzieren Klimaneutral
ClimatePartner.com/14044-1912-1001
Druckprodukt

Penguin Random House Verlagsgruppe
FSC® N001967

1. Auflage 2023
Erstmals als cbt Taschenbuch Juli 2023

Die Originalausgabe erschien unter dem Titel
»she said/she saw« bei Orca Book Publishers, Victoria, Canada.
Aus dem Englischen von Kathrin Wolf
Lektorat: Ulrike Hauswaldt
Umschlaggestaltung: Christl Glatz | Guter Punkt, München
unter Verwendung von Motiven von © iStockphoto (PeopleImages, subjob, Mike_Pellinni, malija) und © Adobe Stock (Thanh)
sh · Herstellung: bo
Satz und Druck: GGP Media GmbH, Pößneck
ISBN 978-3-570-31567-5
Printed in Germany

www.cbj-verlag.de

1

Kelly

Zwei Dinge weiß ich:

Erstens: Jeder hat eine Geschichte zu erzählen und jeder erzählt sie auf eine andere Art. Ich zum Beispiel bin ein filmischer Typ. Ich sehe das Leben – mein Leben – wie einen spannenden Film vor mir ablaufen und manchmal auch wie eine Komödie. Meine Schwester Tegan hingegen sieht ihr Leben eher wie einen dieser dicken, fetten, altmodischen Romane und sich selbst als die tragische (oder triumphierende) Heldin im Mittelpunkt.

Zweitens: Niemand kennt die ganze Geschichte.

Niemand kann das. In den Köpfen der anderen gibt es immer etwas, das man nicht weiß, nicht mit Bestimmtheit zumindest, nicht mal dann, wenn die Leute einem sagen, was sie denken, denn, machen wir uns nichts vor, nicht alle sind ehrlich. Klar, man kann raten und der Wahrheit manchmal auch ziemlich nahe kommen. Doch genauso oft, ja sogar noch öfter, liegt man falsch. Und ich garantiere euch, fast jedes Mal fehlen ein paar Puzzleteile – Dinge, die sich die Leute nur denken, die sie nie laut aussprechen würden, Dinge, die sie nicht mal vor sich selbst zugeben wollen.

Also, wenn ihr die ganze Geschichte über meine Schwester Tegan hören wollt (oder das, was der ganzen Geschichte am nächsten kommt), wenn ihr wissen wollt, *hat sie oder hat sie nicht?*, dann müsst ihr die Puzzleteile zusammensetzen, sie euch genau ansehen und selbst entscheiden, was stimmt und was nicht. Das ist es, was ich tun musste.

Und hier sind die Puzzleteile.

2

Kelly

INNEN – KELLYS ZIMMER – TAG

KELLY TYRELL (das bin ich), 17, läuft auf dem Bettvorleger ihres unordentlichen Zimmers in einem engen Kreis herum. Die Wände sind mit Filmpostern gepflastert, die Regale voller DVDs, Blu-rays, Bücher und Magazine, in denen es hauptsächlich um Filme oder ums Drehbuchschreiben geht. Sie telefoniert.

KELLY

Was bin ich – die Aufpasserin meiner Schwester?

Sie dreht sich zur Kamera um und hört der Person am anderen Ende der Leitung zu.

KELLY (WEITER)

(in die Kamera)

Mein Gott, hab ich es satt, mir immer wieder dieselben Fragen anzuhören!

(ins Telefon)

Das habe ich dir doch schon gesagt – ich weiß es nicht. Ich war nicht dabei. (Pause.) Ja. Gut. War nett, mit dir zu reden.

Sie beendet das Gespräch.

KELLY (WEITER)

(leise murmelnd)

Arschloch.

Sie schmeißt ihr Handy auf das Doppelbett, das den Raum dominiert, und wendet sich wieder der Kamera zu.

KELLY (WEITER)

(in die Kamera)

Was ist nur mit den Leuten los? Warum glauben die, ich müsste über jedes Detail aus dem Leben meiner Schwester Bescheid wissen, nur weil wir »fast Zwillinge« sind?

(malt Anführungszeichen in die Luft)

Was soll das überhaupt heißen? Man kann genauso wenig *fast* ein Zwilling sein, wie man *fast* einzigartig sein kann. Ein Zwillingsdasein ist absolut, nicht relativ. Na ja, ihr wisst schon, was ich meine. Entweder ist man ein Zwilling oder eben nicht. Und Tegan und ich sind es definitiv nicht. Allerdings wurden wir im selben Jahr geboren, und wenn ihr mich fragt, hat da jemand ziemlich mies geplant – hörst du mir zu, Mom? Aber wir sind nicht am selben Tag geboren. Diese spezielle Verbindung, die Zwillinge normalerweise haben, die gibt es zwischen uns nicht. Wir verbringen nicht unsere gesamte Zeit zusammen. Wir haben keine spezielle »Zwillingssprache«. Meistens reden wir nicht mal miteinander, und ich bin bestimmt nicht gehässig oder unreflektiert, wenn ich sage, dass das vor allem Tegans Schuld ist.

Sie ist das Problem in unserer sogenannten Beziehung. Mir gegenüber macht sie einen auf große Schwester, so als wäre sie wegen ihres Zehnmonatsvorsprungs klüger, weiser oder besser als ich. Totaler Müll. Immerhin bin ich früher als sie aufs Töpfchen gegangen, Herrgott noch mal. Okay, sie bekommt bessere Noten als ich, meistens auch noch, ohne sich dafür anzustrengen.

Sie nimmt eine Bürste von ihrem Schminktisch und beginnt, sich vor dem Spiegel die Haare zu bürsten.

KELLY (WEITER)

Außerdem ist sie hübscher als ich. Sie sieht Mom sehr ähnlich, wohingegen ich eher nach Dad komme. Dad war einer dieser supernetten Typen, die alle mochten, vor allem die Mädels, obwohl er, na ja, ziemlich unscheinbar und klein geraten war, von glatzköpfig mal ganz zu schweigen. Aber was soll's?

Sie wirft einen finsteren Blick in den Spiegel und schleudert die Bürste zurück auf den Tisch.

KELLY (WEITER)

Tegan hängt auch mit ganz anderen Leuten rum, hauptsächlich mit solchen, die schon ein Schuljahr weiter sind. Wenn ihr mich fragt, würde sie lieber sterben, als mit denselben Typen abzuhängen wie ich. Für mich ist das okay. Oder meint ihr, ich will jede Stunde des Tages mit meiner versnobten, fiesen großen Schwester zusammen sein? Es ist schon schlimm genug, dass wir so viele Kurse zusammen haben. Glaubt ihr, es kümmert mich, wenn sie ihre *Ich-bin-so-viel-cooler-als-du-*Attitüde an den Tag legt und mit Typen wie Clark Carson und Thomas Skelton abhängt, Typen mit zu viel Geld und noch mehr Arroganz? Nee, wirklich nicht. Abgesehen davon habe ich meine eigenen Sachen am Laufen. Ich schwimme. Und das ziemlich gut. Als Beweis habe ich eine ganze Wand voller Medaillen. Ich bin viel lieber in einem Schwimmbecken, wo es reell zugeht und wo es nur darauf ankommt, was du kannst, und nicht darauf, wer deine Eltern sind oder ob du es schaffst, Partys zu schmeißen, auf denen es Alkohol und Gras gibt, während deine Mom und dein Dad übers Wochenende nicht in der Stadt sind.

EINE STIMME

(von Weitem, gedämpft durch die Tür)

Kel-ly! Zeit, den Tisch zu decken!

KELLY öffnet die Tür und steckt den Kopf hindurch.

KELLY

(schreit)

Tegan ist dran!

DIE STIMME

Sie fühlt sich nicht gut. Ich habe ihr gesagt, sie kann sich hinlegen, und wir rufen sie, wenn das Abendessen fertig ist.

KELLY

(rollt die Augen und murmelt zu sich selbst)

Ja, voll.

Sie blickt wieder in die Kamera.

KELLY (WEITER)

Diejenigen unter euch, die meine Schwester nicht kennen – Glückwunsch! Aber da ihr sie kennenlernen werdet, gibt es etwas, was ihr wissen solltet. Sie ist eine Drama-Queen, eine richtige Diva. Ihr wisst schon, eine von der Sorte *Die Welt dreht sich nur um mich*. Demzufolge ist alles, was ihr zustößt, grundsätzlich phänomenal wichtig, ein sich Bahn brechendes historisches Ereignis, gleichzusetzen mit Präsidentenmorden, Superstars, die an einer Überdosis draufgehen, oder den neuesten Meldungen zu irgendwelchen Promi-Kindern. Sie hält sämtliche Begebenheiten in ihrer »Alles über mich«-Akte auf ihrem Laptop fest, eine Dokumentation ihres faszinierenden Lebens, die sie jeden Abend weiterführt, manchmal sogar noch öfter, je nachdem, in welch weltbewegendem Ereignis sie zufällig gerade wieder im Mittelpunkt steht. Früher habe ich sie immer gefragt: »Warum dieser Aufwand?«

SCHNITT AUF:
INNEN – TEGANS ZIMMER – NACHT

TEGAN TYRELL, 17, sitzt an ihrem Schreibtisch und tippt etwas in ihren Laptop. Auf einer Seite des Zimmers befinden sich mit Büchern vollgestopfte Regale. Statt Postern hängen gerahmte Reproduktionen klassischer Gemälde an der Wand. KELLY steht in der Tür und beobachtet ihre Schwester.

KELLY

Wer, glaubst du, soll diesen ganzen Scheiß lesen?

TEGAN

(ohne aufzusehen)

Samuel Pepys, Anaïs Nin …

KELLY

Die sind tot.

TEGAN

Susanna Moodie, Catharine Parr Traill …

KELLY

Auch tot.

TEGAN

Das sind alles ganz normale Leute, deren Tagebücher nach Jahrzehnten, ja sogar Jahrhunderten immer noch gelesen werden.

KELLY

Ach, jetzt bist du also *normal?*

TEGAN

Es wird die Leute interessieren. Wart's nur ab.

SCHNITT AUF:
INNEN – KELLYS ZIMMER – TAG

EINE STIMME

Kelly! Es ist alles fertig! Komm schon!

KELLY seufzt und verlässt das Zimmer. Sie schaut in die Kamera, die vor ihr die Treppe hinunterfährt.

KELLY

Ich gebe es ungern zu – ihr habt keine Ahnung, wie ungern –, aber wie sich herausstellte, hatte Tegan recht. Eine Zeit lang gab es tatsächlich Leute, die ihr Tagebuch – hätten sie gewusst, dass es existiert – nur zu gern in die Finger gekriegt hätten. Eine Menge Leute, die die ganze Geschichte erfahren und die Antwort auf die Eine-Million-Dollar-Frage wissen wollten: *Hat sie oder hat sie nicht?*

3

Tegan

Gerade komme ich vom Polizeipräsidium zurück. Ich kann das alles immer noch nicht glauben. Und die Cops … ich krieg echt das Gruseln.

Passiert ist Folgendes:

»Ich muss mir über all das klar werden, Tegan«, sagte Detective Zorbas. Er ist ein alter Mann Mitte vierzig, untersetzt, mit einer ziemlichen Wampe, die darauf hindeutet, dass es stimmt, was man über Cops sagt – sie scheinen tatsächlich eine besondere Schwäche für Donuts zu haben. »Ich hätte gerne, dass du mir noch einmal erzählst, was du gesehen hast.«

Noch einmal. Noch einmal. Was war denn mit ihm

los? Warum hörte er nicht einfach beim ersten Mal richtig zu?

»Ich habe Ihnen doch schon alles erzählt.« Wäre Kelly da gewesen, hätte sie mir einen missbilligenden Blick zugeworfen und mich beschuldigt, wieder in diesem Ton zu sprechen, bei dem sie mir am liebsten eine runterhauen würde, weil ich mich anhörte, als hätte ich einen Stock im Arsch. Doch Detective Zorbas nickte nur.

»Ich weiß«, sagte er, und es klang wie: *Ich weiß, dass du das behauptest, aber* … Warum riss er sich nicht endlich mal zusammen und sagte klipp und klar, was er dachte: *Aber ich glaube dir nicht.*

Doch das tat er nicht. Stattdessen meinte er: »Ich weiß, dass es schwierig ist, Tegan.« Immer wieder nannte er mich beim Namen, so wie Autoverkäufer es tun, wenn sie sich abrackern, eine Verbindung zu ihren Kunden herzustellen, um ihnen Autos mit allem möglichen Mist und Extras anzudrehen, die diese gar nicht haben wollen oder die sie nicht interessiert. »Aber du möchtest doch auch, dass wir den Täter kriegen, oder?«

Seht ihr, was ich meine? Warum sollte er mich so etwas fragen, wenn er nicht glauben würde, dass ich ihm etwas vorenthielt? Wenn er nicht glauben würde, dass ich unaufrichtig war?

»Versuch, dich zu entspannen«, sagte er.

Ja, klar. Schön wär's.

»Hol einfach tief Luft und fang noch mal von vorne an. Erzähl mir alles, an was du dich erinnerst, auch wenn du glaubst, dass es nicht wichtig ist. Okay?«

Ich blickte meine Mutter an, die neben mir saß und meine Hand hielt. Starr erwiderte sie meinen Blick und sah ernster aus, als ich sie je gesehen hatte, so als wollte sie mir sagen: *Tu das Richtige. Sag das Richtige.*

In dem engen, kleinen Verhörraum gab es keine Fenster. Und auch keine Luft. Ich hatte mir die Kleider angezogen, die mir meine Mutter von zu Hause mitgebracht hatte, und alles so gut wie möglich von mir abgewaschen, sobald die Beamten es erlaubt hatten. Doch auch wenn es nicht mehr da war, konnte ich das Blut, das auf mich gespritzt war, immer noch fühlen. Bei der ersten Berührung warm, dann kalt, klebrig, geronnen. Und ich hatte noch etwas anderes gefühlt. Etwas, nach dem ich die Hand ausgestreckt hatte. Bei der Berührung hatte ich mich gefragt, was das wohl war, und als ich begriff, woher es stammte, hatte ich geschrien. Oder vielleicht hatte ich auch einfach nur *noch lauter* geschrien.

Erzähl mir alles noch einmal.

»Clark, Martin und ich sind gegen neun zu Thomas gefahren«, sagte ich, als würde ich Zeilen ablesen, die ich zur Strafe immer und immer wieder an eine Tafel hatte schreiben müssen. Ich erzählte Zorbas nichts, was er nicht schon wusste oder was ich nicht schon einige Male erzählt hätte – den Cops, die als Erste am Tatort gewesen waren, Zorbas und seinem Partner, nachdem diese dort eingetroffen waren, und Zorbas und irgendeinem anderen Detective, als sie mich aufs Präsidium gebracht hatten, um dort auf meine Mutter zu warten. »Außer uns waren vielleicht noch zehn andere Leute da. Sie haben die Namen, Sie können sie fragen. Alle haben sich amüsiert. Und ja, wir haben ein bisschen was getrunken.« Das war praktisch das Erste, nach dem sie gefragt hatten – nur, dass es keine richtige Frage gewesen war, sondern eher eine Anschuldigung. Ich war so durcheinander gewesen, dass ich gleich mit der Wahrheit rausgerückt war. Dann – doof, doof, doof, ich würde das vor niemandem zugeben – hatte ich Angst bekommen, deswegen Ärger zu kriegen, als wäre das irgendwie von Bedeutung. »Aber Clark hat nichts außer Limo getrunken, weil er fahren musste«, hatte ich hinzugefügt. Clark liebte es, richtig zu feiern, aber nicht, wenn er der Fahrer war. Nicht nach dem, was seinem Bruder zugestoßen war, der sich leider nicht so schlau verhalten hatte wie er und nun für den Rest seines Lebens im Rollstuhl saß.

»Was ist mit Martin?«

Ich sah ihm in die Augen. »Ich glaube, er hatte ein

paar Biere«, antwortete ich. Das hatte ich ihm schon mindestens drei Mal gesagt. »Wir waren alle ein bisschen angeschickert. Aber keiner war schlecht drauf oder hat Streit angefangen. Wir haben einfach nur gezockt, Musik gehört … Sie wissen schon, das Ende der Zwischenprüfungen gefeiert.«

Am ersten Tag der Zwischenprüfungen hatte Thomas uns allen eine Nachricht geschickt: *Tragt es euch in den Kalender ein.* Thomas glaubte an harte Arbeit. Er würde ein Stipendium für ein Elite-College bekommen, und wenn er dabei draufging. Doch er glaubte auch, dass man sich für harte Arbeit belohnen sollte.

»Wir sind bis kurz nach Mitternacht geblieben. Die Party war noch in vollem Gang, aber Martin hatte am nächsten Tag Training.« Martin war der Star des Schulbasketballteams. Er war so gut, dass der Coach ihn regelrecht damit verfolgte, er solle doch versuchen, ein Sportstipendium zu bekommen. Doch Martin war nicht interessiert. Er sagte, nach der Highschool hätte er keine Zeit mehr für Sportwettkämpfe. Er wollte sich auf sein Medizinstudium vorbereiten und Arzt werden – aber kein reicher, fetter Spezialist, der in Saus und Braus lebte, auf keinen Fall. Martin wollte in Afrika praktizieren, in Ländern, wo es nie genug Ärzte gab, nie genug Medikamente, nie genug Krankenhäuser. Orte, an denen nie genug Frieden herrschte, wo Menschen in

Flüchtlingslagern vor sich hin vegetierten, aber nicht wirklich lebten.

Allein beim Gedanken an ihn musste ich weinen. Tränen begannen mir über die Wangen zu rinnen. Ich hatte nicht die Energie, sie wegzuwischen.

»Bist du in Ordnung, Tegan?«, fragte Zorbas. »Soll ich dir noch ein Wasser holen? Oder eine Cola?«

Als würde das etwas ändern. Ich wollte das hier einfach hinter mich bringen, nach Hause gehen und heiß duschen – vielleicht auch mehrmals hintereinander.

»Clarks Auto, sein SUV ...« – brandneu, ein Weihnachtsgeschenk von seinen Eltern – »war ungefähr einen Block weit von Thomas' Haus geparkt«, sagte ich. »Wir drei sind zusammen dorthin. Ich erinnere mich nicht, jemanden auf der Straße gesehen zu haben, aber das heißt nicht, dass dort niemand war.« Ich lief zwischen Clark und Martin. Martin lächelte und sprach über ein bevorstehendes Konzert. Abgesehen von Basketball und Medizin begeisterte er sich auch für Musik. Ich wartete gerade darauf, dass er mich fragte, ob ich ihn zu dem Konzert begleiten wolle, als er über etwas stolperte. Ich griff nach ihm, um ihn aufzufangen, und er schlang einen Arm um meine Taille. Er ließ auch dann nicht los, als er wieder Halt fand. Inzwischen war ich mir sicher, dass Clark mich vorher nur aufgezogen hatte. Er hatte sich ziemlich seltsam benommen und mir *verbotene Frucht* ins Ohr geflüstert, sobald er gemerkt hatte, dass ich Martin ansah. Aber hatte er mir auch erklärt, was das heißen sollte? Nein. Stattdessen hatte er mich nur listig angelächelt und gemeint: *Du wirst es noch früh genug herausfinden.* Nun, falls es ihm nicht aufgefallen war, wir waren den ganzen Abend lang ziemlich eng beisammen gewesen – so eng, wie Martins Arm gerade um meine Taille lag –, und Martin hatte sich weiß Gott nicht wie eine verbotene Frucht verhalten. Im Gegenteil, so wie er mich angeschaut hatte, war mir klar, dass er mich etwas fragen wollte, und ich war mir ziemlich sicher, dass ich wusste, was es war. Ich hatte schon eine Ewigkeit darauf gewartet.

»Hast du Angst, dass du noch mal ausrutschst und hinfällst?«, fragte ich lachend und genoss jede Sekunde unseres Körperkontakts.

»Äh, klar«, erwiderte er mit einem etwas debilen Lächeln. »Das ist doch eine gute Entschuldigung, um so ein superheißes Babe im Arm zu halten.«

Wieder lachte ich und tat so, als würde er nur rumalbern, doch in mir drinnen war es warm, und ich fühlte mich glücklich. Ich wünschte, wir wären nie bei Martins Auto angekommen, denn dann hätte sein Arm vielleicht für immer um meine Taille gelegen.

Doch das sagte ich Zorbas nicht. Es war zu persönlich und hatte nichts mit den Ereignissen zu tun.

»Wir waren beim Auto angelangt. Clark hat sich hinters Steuer gesetzt und Martin hat mir die Tür zum Rücksitz aufgehalten.« Ich hatte gehofft, er würde ebenfalls dort einsteigen, sich neben mich setzen und mich den ganzen Weg über im Arm halten. Doch das tat er nicht. Er setzte sich nach vorne auf den Beifahrersitz, und Clark lehnte sich zu ihm hinüber, um ihm etwas zuzuflüstern. Martin schubste ihn weg. Er wirkte verärgert. Ich wollte ihn fragen, was los war, aber gleichzeitig glaubte ich nicht, dass er es mir sagen würde. Nicht, solange Clark neben ihm saß. Also hielt ich den Mund. »Dann hat sich Martin auf den Beifahrersitz gesetzt. Und nein, ich habe niemanden in unserer Nähe gesehen.«

Ich betonte das, weil die Cops mich ein ums andere Mal gefragt hatten: *Bist du sicher, Tegan? Bist du sicher, dass du niemanden gesehen hast?* Und immer wieder hatte ich geantwortet: »Ich habe niemanden gesehen. Ich habe Martin angeschaut. Er ist Clarks Playlist durchgegangen auf der Suche nach etwas für den Heimweg.« Ich erinnerte mich noch an sein spitzbübisches Grinsen, als er Clark wegen seines schrecklichen Musikgeschmacks aufzog. Plötzlich wandte sich Clark um und warf ihm einen Blick zu, den ich nicht entziffern konnte. Martins Wangen färbten sich pink. Er sah von Clark zu mir. Clark nickte ihm zu und Martin stieß einen Seufzer aus. Er drehte sich um und wollte mir etwas sagen. Doch bevor er ein Wort herausbrachte, wanderte sein Blick von mir zu … ich glaube, zum Seitenfenster auf der Fahrerseite. *PENG!*

PENG!

PENG!

»Plötzlich hörte ich einen Knall und sah, wie Martin nach vorne sackte.«

»Martin«, erwiderte Detective Zorbas, als hörte er die Geschichte zum ersten Mal. Und wie jedes Mal, wenn ich sie erzählte, runzelte er die Stirn. »Was ist mit Clark? Was hat er gemacht?«

»Das weiß ich nicht. Direkt danach habe ich einen weiteren Knall gehört. Und dann noch einen. Ich konnte mir nicht erklären, was da vor sich ging.«

Ich fühlte ein Stechen auf der Wange. Eine Glasscherbe, wie sich herausstellte.

Irgendetwas spritzte auf mein Gesicht, auf mein Haar und die Vorderseite meines Mantels. Blut, Hirn und kleine Knochensplitter.

Jemand schrie. Ich, wie sich zeigte.

»Aber es war Martin, der beim ersten Schuss nach vorne sackte?«

»Ja.«

»Bist du da ganz sicher?«

»Ja.«

»Hast du gesehen, wer geschossen hat?«

Gott, würde der Typ mir vielleicht mal *zuhören*?

»Nein«, erwiderte ich. »Er muss gleich, nachdem er die Schüsse abgefeuert hat, weggelaufen sein.«

»Er«, sagte Detective Zorbas. »Zu den ersten Beamten am Tatort hast du auch immer ›er‹ gesagt. Und zu mir, als ich dorthin kam. Woher weißt du, dass es ein Er war, wenn du nichts gesehen hast?«

»Ich …« Ich schüttelte den Kopf. Das war eine gute Frage. »Es fühlte sich eben so an, als wäre es ein Er. Ich meine, so läuft es doch meistens, oder? Wenn jemand erschossen wird, war's fast immer ein Typ. Stimmt's?«

»Bist du sicher, dass es so ist? Bist du sicher, dass du nicht doch etwas gesehen hast – eine Hand vielleicht –, irgendeinen Hinweis, der dich auf einen Mann gebracht hat? Oder hast du vielleicht gerade aus dem Fenster geguckt, als er weggelaufen ist? Vielleicht hast du einen Eindruck davon bekommen, ob er groß oder klein war, dünn oder stämmig? Vielleicht konntest du sehen, ob er eine Jacke oder einen Mantel trug, Schuhe oder Stiefel? In welche Richtung er gerannt ist? Ob er zu einem Auto gelaufen oder in eine Gasse verschwunden ist? Irgendetwas, das uns weiterhilft, Tegan?«

»Ich habe ihn nicht gesehen.« Oh Gott, ich hatte es schon wieder gesagt. *Ihn*. Es kam einfach so aus mir raus. »Ich meine, ich habe nichts gesehen. Niemanden.«

4

Kelly

INNEN – WOHNZIMMER DER TYRELLS – TAG

KELLY steht im Schlafanzug und mit Krümelmonster-Hausschuhen in der Mitte des Wohnzimmers. Ihr Haar ist zerrauft. Sie wendet sich der Kamera zu.

KELLY

Tegan hat der Polizei ihre Geschichte nur vier Mal erzählt und nicht die »Dutzenden Male«, über die sie so rumjammert. Mom hat sie sie auch erzählt. Aber ist es ihr vielleicht in den Sinn gekommen, auch mal mit mir zu reden? Natürlich nicht.

SCHNITT AUF:

INNEN – HAUSFLUR DER TYRELLS – TAG

Die Tür öffnet sich. TEGAN und MRS TYRELL kommen herein. MRS TYRELL hat den Arm um ihre Tochter gelegt, die vom Weinen ganz rote Augen hat. KELLY rennt zur Tür.

KELLY

Was ist passiert? Mom, was wollten die Cops? Warum hast du mich nicht angerufen?

MRS TYRELL

Jetzt nicht, Kelly. Wir waren die ganze Nacht auf. Tegan muss sich ausruhen.

KELLY

Teeg, was ist passiert? Haben die Cops die Party gesprengt?

KELLY dreht sich zur Kamera.

KELLY (WEITER)

Das würde mich nicht überraschen. Solche Partys sind ein einziger Drogenumschlagplatz. Es würde ihnen recht geschehen, wenn man sie alle erwischt hätte.

MRS TYRELL

Nicht jetzt, Kelly!

KELLY

Teeg?

TEGAN

(müde)

Nicht jetzt, Kelly.

MRS TYRELL und TEGAN gehen die Treppe hoch und lassen KELLY, die ihnen hinterherstarrt, allein.

SCHNITT AUF:

INNEN – WOHNZIMMER DER TYRELLS – TAG

KELLY, immer noch im Schlafanzug, spricht weiter in die Kamera.

KELLY

Tegan war zu aufgewühlt, um mir zu sagen, was vorgefallen ist. Zu erschöpft.

Sie legt sich einen Arm über die Augen und wirft sich dramatisch in Pose.

KELLY (WEITER)

Zu traumatisiert.

Sie lässt ihren Arm sinken und seufzt.

KELLY (WEITER)

Ich bin nicht die unsensible Zicke, für die mich Tegan hält. Ich weiß, sie war müde, traumatisiert. Wer wäre das nicht nach so einer Sache? Sie hätte tot sein können, ja wahrscheinlich ist es sogar ein Wunder, dass sie noch lebt. Die Cops glauben, die getönten Scheiben haben sie gerettet, weil der Killer sie nicht sehen konnte. Aber trotzdem, sie hätte sich ein paar Minuten Zeit nehmen können, um mir Bescheid zu sagen. Sie hätte mir selbst sagen können, was passiert ist, statt es mich auf die harte Tour herausfinden zu lassen.

SCHNITT AUF:

INNEN – KÜCHE DER TYRELLS – TAG

KELLY, immer noch im Pyjama und in ihren Krümelmonster-Pantoffeln, sitzt am Tisch und schüttet Milch in eine Müslischüssel.

KELLY

Herr im Himmel, was für eine Familie. Mom bekommt mitten in der Nacht einen Anruf von den Cops, stürmt aus dem Haus und bleibt die ganze Nacht über weg. Tegan, die ausgegangen ist, kommt gar nicht nach Hause. Aber hat sich irgendeiner von denen mal überlegt, was ich mir für Gedanken gemacht habe? Hat irgendjemand daran gedacht, mich anzurufen? Haben sie mir inzwischen endlich gesagt, was passiert ist? Nein, sie sind zusammen da oben. Tegan heult. Zehn zu eins, dass sie verhaftet wurde.

Das Radio ist eingeschaltet, eine Nachrichtensendung beginnt. KELLY steht auf, um es auszumachen, als sie plötzlich erstarrt.

STIMME DES NACHRICHTENSPRECHERS

... ums Leben gekommen sind Clark Carson und Martin Genovese, beide achtzehn Jahre alt, beide Schüler am Lakeside College. Die Polizei ermittelt, bislang gibt es jedoch noch kein Tatmotiv. Zum Zeitpunkt der Schießerei soll sich noch eine dritte Person in dem Wagen befunden haben, doch die Polizei hat den

Namen der betreffenden Person nicht heraus-
gegeben. Die Ermittlungen dauern an. Nun zu
weiteren Nachrichten …

KELLY starrt auf das Radio. Ihr Gesicht ist bleich. Langsam streckt sie die Hand vor und schaltet das Radio aus. Dann starrt sie an die Decke über sich. Sie steht auf und geht zur Küchentür.

KELLY

(schreit)

Mom!

5

Kelly

INNEN – WOHNZIMMER DER TYRELLS – TAG

KELLY sitzt in einen Sessel gekuschelt vor dem Fenster. Ein aufgeschlagenes Schulbuch liegt auf ihrem Schoß, doch sie schaut nicht hinein. Stattdessen starrt sie mit glasigen Augen durch das Wohnzimmer und das dahinterliegende Esszimmer in den Garten. Als es an der Tür klingelt, wird sie aus ihren Gedanken gerissen. Sie will gerade aufstehen, da kommt ihre Mutter aus der Küche gehastet. KELLY hört, wie die Haustür geöffnet wird. Stimmen erklingen.

MÄNNLICHE STIMME

Mrs Tyrell? Ich bin Tony Genovese. Martins Vater.

MRS TYRELL

(atemlos und nervös)

Mr Genovese, mein Beileid.

KELLY

(zu sich selbst)

Was er wohl hier will?

MR GENOVESE

Danke. Mrs Tyrell, ich habe mich gefragt, ob ich wohl mit Ihrer Tochter sprechen könnte?

Es folgt eine lange Pause. KELLY beugt sich in ihrem Sessel vor und spitzt die Ohren.

MRS TYRELL

Tegan? Sie ist ... Natürlich. Natürlich. Bitte kommen Sie herein, Mr Genovese.

MR GENOVESE

Bitte nennen Sie mich Tony.

MRS TYRELL

Louise. Bitte kommen Sie herein. Ich gehe Tegan holen.

MR GENOVESE und MRS TYRELL erscheinen in der Tür zum Wohnzimmer. MR GENOVESE ist ein kleiner, drahtiger Mann in einer schwarzen Chinohose und einem sportlichen Sakko. Er sieht müde aus. MRS TYRELL hingegen wirkt nervös und unruhig.

MRS TYRELL

Bitte nehmen Sie Platz. Ich bin gleich wieder da.

MR GENOVESE betritt das Wohnzimmer. MRS TYRELL verschwindet die Treppe hinauf. MR GENOVESE ist schon auf halbem Weg zum Sofa, als er KELLY in dem Sessel beim Fenster sitzen sieht und erschrickt. Verlegen steht KELLY auf.

KELLY

Ich bin Kelly. Tegans Schwester. Ich kannte Martin. Was passiert ist, tut mir sehr leid.

MR GENOVESE bekommt feuchte Augen. KELLY, jetzt noch verlegener, ist drauf und dran, sich wieder hinzusetzen, scheint es sich dann jedoch anders zu überlegen und bleibt stehen. Sie und MR GENOVESE schauen sich an. Keiner von beiden scheint sich besonders wohl in seiner Haut zu fühlen. MR GENOVESE wirft einen Blick über seine Schulter zur Treppe. Aus dem Off sind Schritte zu hören. KELLY stößt einen erleichterten Seufzer aus und sinkt wieder in ihren Sessel.

6
Tegan

Nach allem, was passiert war, wollte ich mit niemandem sprechen, ja ich wollte nicht mal mein Zimmer verlassen. Aber es läuft nie, wie ich es will. Nie.

Am Tag nach dem schrecklichen Ereignis klopfte meine Mutter an meine Tür, öffnete sie, und obwohl ich ihr sagte, sie solle gehen, steckte sie den Kopf zu mir ins Zimmer herein.

»Martins Vater ist hier«, sagte sie.

Mein Bauch krampfte sich zu einem Knoten zusammen. Ich hatte Mr Genovese ein paar Mal getroffen. Er war Bauunternehmer, eine echte Erfolgsgeschichte. Als er mit sechzehn von der Highschool abgegangen war, um seine Familie zu unterstützen, hatte er als ungelernter Arbeiter angefangen. Er war klug. Nicht gebildet, aber er kam überall zurecht und wusste, wie man mit Geld und Menschen umgehen musste. Laut Martin hatte sein Vater in all der Zeit, während er aufwuchs, sechzehn Stunden am Tag gearbeitet. Es hatte sich ausgezahlt. Martins Familie lebte im besten Viertel der Stadt, in einem Haus, das Mr Genovese selbst gebaut hatte. Sie waren fünf Kinder – vier Mädchen und Martin. Mr Genovese hatte immer davon geträumt, dass Martin in die Firma einsteigen und sie eines Tages übernehmen würde. Doch Martin hatte andere Pläne gehabt. Mr Genovese war enttäuscht gewesen. Aber nur ein bisschen.

»Ihm gefällt der Gedanke, dass ich der erste Genovese sein werde, der zur Uni geht«, hatte Martin mir erklärt. »Und der Gedanke, dass ich Arzt werden möchte, der gefällt ihm *wirklich*. Aber, mein Gott, er kapiert einfach nicht, warum ich kein reicher Facharzt werden will. Er versteht mich nicht. Aber …« An dieser Stelle hatte Martin immer die Achseln gezuckt. Wenn ihr mich fragt, war er genau wie sein Dad: enorm stolz darauf, was sein Vater geschafft hatte. Doch er verstand ihn genauso wenig, wie sein Vater ihn verstand.

Jetzt war Martin tot. Ich hatte nicht das Gefühl, mich mit Mr Genovese und seinem Kummer konfrontieren zu können.

»Was will er?«, fragte ich meine Mutter.

»Er sagt, er will mit dir sprechen.«

Ich verspürte den Drang, mich zu übergeben.

»Was hast du ihm geantwortet?«

»Dass ich dich holen würde. Was hätte ich denn sonst sagen sollen? Tegan, der arme Mann!«

»Kannst du nicht sagen, ich würde schlafen?«

»Ich weiß, wie du dich fühlst, Liebes …«

Nein, das wusste sie nicht. Das wusste sie absolut nicht. Sie hatte keinen blassen Schimmer, wie ich mich fühlte.

»Sag ihm, ich hätte eine Schlaftablette genommen und du wüsstest nicht, wann ich aufwache. Sag ihm …«

»Du musst mit ihm reden, Tegan. Das ist das Mindeste, was du tun kannst.«

Das *Mindeste*, was ich tun kann? Was meinte sie damit? Glaubte sie, dass es *noch mehr* gab, was ich tun könnte? Noch mehr, was ich hätte tun können?

»Ich setze Kaffee auf und sage ihm, dass du gleich runterkommst«, sagte meine Mutter. Leise schloss sie die Tür und schwebte über den mit Teppich ausgelegten Flur und dann die mit Teppich ausgelegte Treppe hinunter.

Ich setzte mich im Bett auf. Eine halbe Ewigkeit schien zu vergehen, ehe ich meine Füße seitlich aus dem Bett schwang, und noch eine ganze Ewigkeit, bevor ich endlich aufstand. Ich hatte eine Jogginghose und ein abgetragenes altes T-Shirt an, das schon vor drei Jahren in den Altkleidersack gehört hätte. Ich überlegte, mir etwas anderes anzuziehen, doch dann dachte ich: Was soll's? Wen kümmert es, was ich anhabe? Mr Genovese würde es nicht mal bemerken.

Mr Genovese war ordentlich gekleidet, schwarze Hose, ein weißes T-Shirt und ein dunkelgraues, sportliches Sakko. Obwohl er keine Krawatte trug – Martin sagte, die habe er nur zu Hochzeiten und Beerdigungen an –, wirkte er sehr professionell. Seine Schuhe waren entweder brandneu oder frisch poliert. Sein dunkles, grau gesprenkeltes Haar saß perfekt über seinem gründlich rasierten Gesicht. Er hatte Ringe unter den Augen, die vom Schlafmangel ganz glasig waren. Als ich das Wohnzimmer betrat, erhob er sich. Meine Mutter war auch da. Und Kelly. Ich blickte sie finster an. Was bitte tat sie hier? Mr Genovese war gekommen, um mich zu sehen, nicht sie. Demonstrativ schaute ich von ihr zur Treppe, doch bevor sie meine Aufforderung befolgen konnte, sagte Mr Genovese:

»Tegan.« Die Wärme und die Sympathie in seiner Stimme überwältigten mich. Ich dachte, nach allem, was passiert war, wäre er böse auf mich. Weil ich noch lebte. »Danke, dass du eingewilligt hast, mich zu sehen. Ich weiß, wie schwer das für dich sein muss.«

Sein Ton war so sanft, ich hätte am liebsten geweint. Kein Wunder, dass Martin ihn angebetet hatte.

»Bitte, setz dich«, sagte er, als stünde ich in seinem Wohnzimmer und nicht umgekehrt. Er wartete, bis meine Mutter jedem von uns eine Tasse Kaffee eingeschenkt hatte. »Ich musste mit dir reden, Tegan«, sagte er. »Martin hat so oft von dir gesprochen. Ich weiß, dass du etwas Besonderes für ihn warst.«

Etwas Besonderes? Zu jedem anderen Zeitpunkt und unter jedem anderen Umstand wäre ich begeistert gewesen, das zu hören und zu wissen, dass Martin mit seinem Vater über mich geredet hatte. So wie Mr Genovese mit mir sprach, gab es keinen Zweifel, dass Gina unrecht hatte. So lange ich denken konnte, war ich einfach immer nur Tegan gewesen, eine aus der Clique, die Martin schon seit Jahren kannte. Ein blütenloser Busch in seiner alltäglichen Landschaft. Doch jetzt sah es aus, als hätte ich recht gehabt und als habe Martin endlich begonnen, so für mich zu fühlen wie ich für ihn.

»Die Polizei hat gesagt, du warst bei Martin, als es passiert ist.«

Das war alles, was es brauchte, um meinen Blick mit Tränen zu verschleiern.

»Es tut mir leid«, sagte er. Er lehnte sich über den Couchtisch und nahm meine Hände in seine. Seine Finger waren lang und spinnenhaft, genau wie Martins, dafür aber schwielig und nicht weich und glatt. Er hielt meine Hände fest, bis ich die Tränen unter Kontrolle bekam. Dann ließ er mich los und lehnte sich wieder zurück. Seine kummervollen Augen ruhten auf meinen. »Die Polizei sagte, du warst auf dem Rücksitz von Clarks Auto. Sie haben gesagt …« Seine Stimme brach. Langsam schüttelte er den Kopf. »Du musst mir sagen, was du gesehen hast, Tegan.«

Und da war sie – die Sache, wegen der er gekommen war. Die Sache, in der ich ihm nicht weiterhelfen konnte.

Es brauchte ein paar Momente, bis ich den Kloß in meiner Kehle runterschlucken und sagen konnte: »Ich habe nichts gesehen, Mr Genovese. Es tut mir so leid.«

Er fixierte mich. Der Kummer in seinen Augen wich einer stählernen Entschlossenheit, die Wahrheit herauszufinden. Ich wusste nicht, weshalb, aber plötzlich stellte ich mir vor, wie er einen Zulieferer, der gerade versuchte, ihm minderwertige Waren anzudrehen, mit seinem Blick durchbohrte.

»Ich habe lange mit dem Chef der Mordkommission gesprochen, Tegan. Er hat mir viel erklärt. Er hat mir gesagt, wie entsetzlich es sein kann, etwas so Schreckliches mitzuerleben wie du – nicht, dass mir das nicht auch so klar gewesen wäre.«

»Mr Genovese …«

»Er meinte, bei derartigen Ereignissen würden die meisten Menschen zur gleichen Reaktion neigen. Sie würden dazu neigen, an sich selbst, an ihre Sicherheit zu denken. Sie fragen sich: Werde ich auch sterben? Bin ich der Nächste? Er sagte, die Betroffenen würden ihren Zustand als eine Art ›Einfrieren‹ beschreiben. Einige haben ihm erklärt, sie würden merken, wie es passiert … Sie würden fühlen, wie sie einfrieren, auch wenn ihnen ihr Hirn andere Befehle gibt: rennen, schreien, sich wehren, alles außer herumzusitzen und darauf zu warten, dass sie zum nächsten Opfer werden. Doch sie können nichts dagegen tun. Sie stehen unter Schock und ihr Organismus macht dicht, zumindest für eine Weile. Er sagt, das sei eine ganz normale Reaktion. Nichts, wofür man sich schämen muss.«

Nichts, wofür man sich schämen muss? Was sollte das denn heißen? Was wollte er damit andeuten? Glaubte er, dass *ich* mich schämte?

»Ich war nie in deiner Lage, Tegan. Aber ich verstehe die Menschen. Das ist einer der Gründe, weswegen ich heute da bin, wo ich bin. Ich kann in die Leute hineinschauen. Ich weiß, nach was sie streben und wovor sie Angst haben. Es klingt dumm, aber Menschen, die ein Haus bauen oder renovieren, haben eine Menge Ängste – ist der Bauunternehmer ehrlich, haben sie die richtige Wahl getroffen, werden sie übers Ohr gehauen?

Ich verstehe das. Und deshalb glaube ich, ich verstehe so viel, wie man nur verstehen kann, wenn man nicht selbst involviert war in … das, was du erlebt hast … Wie es sich angefühlt haben muss, wie es gewesen sein muss. Dieser Detective, mit dem ich gesprochen habe, der Chef der Mordkommission, der hat mir gesagt, dass sich die Betroffenen oft an etwas erinnern, wenn der Schock langsam nachlässt und sie Zeit hatten, nachzudenken und den Vorfall zu verarbeiten. Vielleicht ist es nichts Großes oder Wichtiges. Doch er meinte, auch das kleinste, scheinbar unbedeutendste Detail könne helfen.«

Nicht eine Sekunde lang hatte er den Blick von mir abgewandt. Stattdessen starrte er mich weiter an und wartete darauf, dass ich etwas sagte wie: *Nun, jetzt, da Sie es erwähnen, da war etwas …*

»Ich habe nichts gesehen, Mr Genovese. Es tut mir leid.«

Ungeduld flackerte in seinem Blick auf. Sein Kiefer verkrampfte sich, doch seine Stimme blieb ruhig und beschwichtigend.

»Ich weiß, was du jetzt denkst, Tegan. Ich bitte dich nur, dich für eine Minute zu konzentrieren. Vielleicht die Augen zu schließen. Ich weiß, dass es schwer ist, aber wenn du dich für einen Moment in das Fahrzeug zurückversetzen könntest …«

Meine Augen schließen? Mich in das Fahrzeug zurückversetzen? Er *wusste*, dass es schwer war?

»Ich habe nichts gesehen.« Ich kämpfte mit meinem aufflammenden Zorn und hasste mich zugleich dafür. Er hatte seinen Sohn verloren. Seinen einzigen Sohn. »Ich habe Martin angeschaut. Er war guter Laune, wissen Sie? Er hat rumgealbert und ich habe ihn angeschaut. Dann ist es einfach passiert.« *PENG! PENG! PENG!* Lauter, als ich es je für möglich gehalten hätte. »Ich habe nichts gesehen.«

Mr Genovese saß mir gegenüber, seine Augenlider flatterten keinen Moment lang. Er wartete auf mehr, auf ein Wunder. Aber da war nicht mehr. Ich war kein Engel, keine Heilige. Ich konnte ihm sein Wunder nicht geben.

7

Kelly

INNEN – WOHNZIMMER DER TYRELLS – TAG

KELLY beobachtet, wie ihre Mutter Mr Genovese zur Tür begleitet. Sie wirft TEGAN einen Blick zu, die aussieht, als wäre sie von einem Betonmischer ausgespuckt worden und an Ort und Stelle erhärtet. KELLY hört, wie sich die Eingangstür öffnet und wieder schließt und ihre Mutter am Wohnzimmer vorbei in die Küche geht.

KELLY

Du hättest ihm wenigstens sagen können, dass

du darüber nachdenkst. Um nichts anderes hat er dich gebeten.

Zuerst rührt TEGAN sich nicht. Dann scheint sich ihr Blick zu fokussieren.

TEGAN

Und du hättest dich um deinen eigenen Kram scheren können. Er wollte mich sehen, nicht dich. Und zu deiner Information: Ich muss nicht darüber nachdenken. Ich weiß, was ich gesehen habe.

KELLY fixiert ihre Schwester, während sie versucht, deren letzten Satz zu entschlüsseln.

TEGAN (WEITER)

Alle stellen mir immer wieder dieselben Fragen und ich gebe ihnen stets dieselben Antworten. Trotzdem fragen sie weiter, so als hätte ich etwas zu verbergen.

KELLY

(in die Kamera)

Das hat niemand behauptet – noch nicht zumindest.

TEGAN

Die Polizei ist dafür da, Mordfälle aufzuklären, nicht ich. Warum machen die nicht einfach ihre Arbeit und lassen mich in Ruhe? Warum sammeln die kein Beweismaterial und suchen nach anderen Zeugen?

KELLY

Andere Zeugen? Was für andere Zeugen?

TEGAN steht abrupt auf.

TEGAN

Ich gehe nach oben.

KELLY sieht zu, wie sie das Zimmer verlässt, und wendet sich wieder der Kamera zu.

KELLY

Was für andere Zeugen?

SCHNITT AUF:
INNEN – KORRIDOR IN DER HIGHSCHOOL – TAG

Jugendliche Schüler bevölkern den Korridor, packen Gegenstände aus ihren Rucksäcken in die

Schließfächer, tauschen den neuesten Klatsch aus und albern herum, bevor der Unterricht beginnt. KELLY steht vor ihrem Schließfach, neben ihr ihre beste Freundin LACEY STRATTON, ein attraktives blondes Mädchen. KELLY, die gerade dabei ist, Schulbücher und Schnellhefter auf das oberste Regal ihres Schließfachs zu stapeln, hält inne, um eine andere Schülerin ärgerlich anzublicken.

KELLY

(zu dem Mädchen)

Warum haust du nicht einfach ab? Das geht dich nichts an.

LACEY

(ebenfalls zu dem Mädchen)

Genau, verzieh dich.

Das MÄDCHEN schaut die beiden böse an, wirbelt herum und marschiert ein paar Schritte über den Korridor, wo sie sich zu einer Gruppe Mädchen stellt und ihnen etwas zuflüstert. Alle starren KELLY an.

KELLY

Herrgott, wenn noch jemand versucht, mich über Tegan auszufragen, raste ich aus.

(in die Kamera)

Mom hat Tegan heute zu Hause bleiben lassen – von wegen posttraumatische Belastungsstörung und so. Aber was ist mit mir? Hat vielleicht mal jemand darüber nachgedacht, wie stressig es für mich ist, ein paar Hundert Jugendlichen zu begegnen, die versuchen, irgendwelche pikanten Details aus mir rauszuquetschen, und die alle wissen wollen: *Stimmt es? War sie wirklich dabei?* Und dann natürlich die große Frage: *Hat sie was gesehen?*

KELLY schiebt ein Schulbuch in ihr Schließfach und knallt die Tür zu.

LACEY

Ich habe mitbekommen, wie meine Mom meinem Dad erzählt hat, dass sie eine Unterhaltung zwischen Clarks Eltern mit angehört hat, als sie drüben mit Scott gearbeitet hat.

KELLY

(in die Kamera)

Laceys Mutter ist Physiotherapeutin. Seit dem Unfall arbeitet sie mit Clarks Bruder Scott.

LACEY

Sie haben jemanden engagiert, der herausfinden soll, was passiert ist. Eine Art Privatdetektiv.

KELLY

(überrascht)

Glauben sie denn nicht, dass die Polizei den Mörder findet?

LACEY

Schätze, nein. Weißt du, was meine Mom gesagt hat? Dass Mr Carson es gewohnt ist, Befehle zu geben und das Sagen zu haben. Sie sagt, bestimmt macht es ihn schier verrückt, auf Nachricht von den Cops warten zu müssen. Und du weißt ja, die Cops … die sagen einem nicht viel.

LACEY schaut Kelly verstohlen an und beißt sich auf die Lippen. Ihr Blick schweift über den überfüllten Korridor. Sie rückt näher an ihre Freundin heran.

LACEY (WEITER)

Meine Mom hat auch gesagt, sie hätte gehört, wie Mr Carson Tegan erwähnt hat.

KELLY

Und was hat er gesagt?

LACEY

Er hat irgendjemandem erzählt, dass sie Clark kannte und im Auto saß, als es passiert ist. Hat sie dir gegenüber etwas erwähnt, Kelly? Hat sie was gesehen?

KELLY

(seufzend)

Keine Ahnung. Sie spricht nicht mit mir. Aber du weißt doch, was sie für Martin empfunden hat. Wenn sie etwas gesehen hätte, dann hätte sie etwas gesagt, da bin ich mir ziemlich sicher.

LACEY

Ziemlich sicher?

KELLY

Du weißt, was ich meine.

LACEY

Was, wenn Martin mit ihr gesprochen hat?

KELLY

Bitte?

LACEY

Was, wenn Martin mit ihr gesprochen hat? Was, wenn er es ihr gesagt hat? (Pause.) Hat er, Kel? Hat er ihr gegenüber etwas erwähnt?

KELLY

Nicht, dass ich wüsste.

(in die Kamera)

Sie hätte mir keine Ruhe gelassen, wenn er etwas gesagt hätte. Ein einziges Drama! Sie hätte Haare ausgerissen und Kleider zerfetzt – meine natürlich, nicht ihre.

LACEY blickt in die Ferne und kaut auf ihrer Unterlippe herum. Mit gerunzelter Stirn starrt KELLY sie an.

KELLY (WEITER)

Was?

LACEY

Hm?

KELLY

Du verschweigst mir doch irgendwas.

LACEY

Nein, tue ich nicht.

KELLY

Doch, tust du wohl. Ich kenne dich, Lacey. Ich kenne dich seit der dritten Klasse und du warst noch nie eine gute Lügnerin.

LACEY

Es ist nur … Ich dachte … Du hast mir erzählt, Martin hätte gesagt, er würde Schluss machen … mit Rauchen, meine ich.

KELLY

(in die Kamera)

So hat alles angefangen zwischen Martin und mir – ich hatte ihm gründlich die Meinung gesagt, was ich vom Rauchen halte. Und mit Rauchen meine ich keine Zigaretten.

RÜCKBLENDE:

INNEN – TURNHALLE DER HIGHSCHOOL – TAG

In der Turnhalle sind Stände und Informationstische aufgebaut. Jeder von ihnen repräsentiert einen gemeinnützigen Verein, eine Wohltätigkeitsorganisation oder eine Bürgerinitiative. Ein riesiges Banner hängt von der Decke: *Engagiert euch und bewirkt etwas in eurer Gemeinschaft.* Schüler schlurfen lustlos von Tischen zu Ständen und wieder zu Tischen, von denen die meisten von Erwachsenen belegt sind. KELLY schlendert den Gang zwischen den Reihen rauf und runter. Sie wirkt gelangweilt und schlecht gelaunt. Plötzlich lenkt etwas ihre Aufmerksamkeit auf sich. Sie starrt den gut aussehenden jungen Mann an dem »Ärzte ohne Grenzen«-Tisch an. Es ist MARTIN GENOVESE. Etwas wie ein Grinsen breitet sich auf ihrem Gesicht aus. Sie geht auf ihn zu.

KELLY

Na, wenn das nicht der zukünftige Doktor Genovese ist! Was für eine Überraschung, dich hier zu treffen. Laut diesem Büchlein …

Sie hält eine schmale Broschüre hoch, auf der steht: *Schüler-Engagement für die Gemeinschaft – sich selbst verwirklichen und dabei die Auflagen des Stundenplans erfüllen.*

KELLY (WEITER)

… werden Freiwillige von den Organisationen hier ziemlich gründlich durchleuchtet. Sogar bei der Polizei werden Erkundigungen eingezogen.

MARTIN

(grinst sie an)

Aber nur wenn man mit schutzbedürftigen Bevölkerungsgruppen wie Kindern oder Senioren arbeitet.

KELLY

Wie schön für dich. Ich meine, was würde man hier von dir denken, wenn bekannt würde, dass du ein Kiffer bist?

MARTIN

Was ich in meiner Freizeit …

KELLY

Und dass du verhaftet wurdest.

MARTIN packt Kelly am Arm und zieht sie an den Rand der Turnhalle. Seine Stimme wird leise, als er zu sprechen ansetzt und sich verstohlen umblickt, um sicherzugehen, dass ihn niemand hören kann.

MARTIN

Wovon sprichst du?

KELLY

Als würdest du das nicht wissen. Weißt du, was du machst, ist deine Sache, aber du hängst mit meiner Schwester ab. Woher soll ich wissen, dass du nicht …

MARTIN

Wie kommst du darauf, dass ich verhaftet wurde?

KELLY

Ich habe *deine* Schwester davon sprechen hören.

Martin wird bleich.

KELLY (WEITER)

Sie weiß nicht, dass ich sie gehört habe. Sie war am Handy in der Mädchentoilette und dachte, sie wäre allein. Ich glaube, sie hat mit dir geredet.

MARTIN

Hat sie sonst noch mit jemandem darüber gesprochen?

KELLY

Nein, nicht, dass ich wüsste. Aber so gut kenne ich deine Schwester nicht.

MARTIN

Und was ist mit dir? Hast du jemandem davon erzählt? Hast du es Tegan gesagt?

KELLY

Nein.

MARTIN

Sie weiß also nichts davon?

KELLY

Wenn sie es weiß, dann nicht von mir.

MARTIN stößt einen erleichterten Seufzer aus.

KELLY (WEITER)

Sie erzählt die ganze Zeit, dass du einer von diesen Gutmensch-Doktoren werden und Menschen in all den Ländern helfen willst, wo Hungersnöte, Bürgerkriege und Aids grassieren. Aber was für ein Vorbild willst du da bitte schön abgeben, hm?

MARTIN

Sie haben mich gehen lassen. Es wurde keine Anklage erhoben.

KELLY

Klar. Also bist du jetzt entlastet, und es gibt nichts, worüber du dir Sorgen machen müsstest.

(schüttelt den Kopf)

So was holt einen am Ende immer ein, Martin.

Sie dreht sich um und entfernt sich.

SCHNITT AUF:

INNEN – KORRIDOR IN DER HIGHSCHOOL – TAG

KELLY geht an der Turnhalle vorbei. Ihr Rucksack hängt ihr von der Schulter, und sie ist gerade dabei, die Schule zu verlassen. Die Tür zur Turnhalle steht offen. Drinnen bauen ein paar Leute die Stände ab. Unter ihnen ist MARTIN. Als er Kelly entdeckt, kommt er eilig auf sie zu.

MARTIN

Hey, Kelly!

KELLY dreht sich um und sieht ihn an.

MARTIN (WEITER)

Kann ich mit dir sprechen?

KELLY

Worüber?

MARTIN

Über das, was du gesagt hast.

KELLY

Es ist mir wirklich egal, was du mit deinem Leben anstellst, Martin.

MARTIN

Tegan hat mir erzählt, du würdest immer sagen, was du denkst. Aus ihrem Mund klang es, als wäre das was Schlechtes, aber weißt du was? Ich finde es gar nicht so schlecht.

KELLY blickt ihn argwöhnisch an.

MARTIN (WEITER)

Ich will es dir erklären …

KELLY

Das musst du nicht.

Sie will um ihn herumgehen, doch er stellt sich ihr in den Weg.

MARTIN

Ich bin davongekommen. Clark hat seinen Dad angerufen, der hat irgendeinen einflussreichen Anwalt aus seinem Bekanntenkreis eingeschaltet, und dann haben sie mich mit einer Verwarnung gehen lassen. Nicht mal meine Eltern wurden informiert.

KELLY

Schön für dich.

MARTIN

Der Deal war, dass ich an einem Programm teilnehme. Und das habe ich. Seit fünf Monaten habe ich nichts mehr angerührt. Und weißt du was? Ich bin froh darüber. Ich kann mich besser konzentrieren. Ich fühle mich besser. Rechtschaffener, verstehst du?

KELLY

Bist du sicher, dass du nicht selbstgerechter meinst?

Martin starrt sie an. Sie wirft ihm ein Lächeln zu. Er lächelt ebenfalls.

KELLY (WEITER)

Kann ich *dich* mal was fragen?

MARTIN nickt.

KELLY (WEITER)

Warum hast du mich gefragt, ob Tegan von deiner Verhaftung weiß?

MARTIN

Ach, nur so. Wirklich.

KELLY blickt ihn forschend an.

KELLY

Du bist ein sehr schlechter Lügner.

MARTIN

Wir sind befreundet.

KELLY fixiert ihn noch ein paar Sekunden länger.

KELLY

Ich weiß, dass sie kifft. Ich glaube nicht, dass meine Mom dahintergekommen ist. Aber ich schon. Schon vor Ewigkeiten. Wenn es also das ist, was du meinst …

Für einen Moment sagt MARTIN nichts. Er mustert Kelly prüfend.

MARTIN

Ja, das meine ich.

KELLY runzelt die Stirn. Sie weiß, dass noch mehr dahintersteckt, als er zugibt, doch sie hat keine Ahnung, was es sein könnte.

MARTIN (WEITER)

Aber ich wollte dir sagen … ich habe aufgehört, meine Lektion gelernt. Das Programm mitgemacht. Ich bin clean. Hundert Prozent drogenfrei. Und das will ich auch bleiben.

KELLY

Wie schön.

Einen Moment lang schauen sie einander an. KELLY wendet als Erste den Blick ab.

KELLY (WEITER)

Wenn sonst nichts mehr ist …

MARTIN sagt nichts. KELLY geht um ihn herum und verlässt die Schule durch den Haupteingang.

SCHNITT ZURÜCK AUF:

INNEN – KORRIDOR IN DER HIGHSCHOOL – TAG

KELLY und LACEY stehen vor Kellys Schließfach.

Die Mädchengruppe am anderen Ende des Flurs starrt immer noch zu ihnen herüber.

KELLY

Martin hat damit aufgehört. Das weiß ich. Warum?

LACEY

Na ja, ich habe nur gehört, dass …

LACEY windet sich unbehaglich.

KELLY

Mein Gott, Lacey, jetzt spuck's schon aus. Was hast du gehört?

LACEY

Ich habe gehört, dass er in jener Nacht bekifft gewesen sein soll. Und Tegan auch. Clarks Eltern scheinen einen ziemlichen Wirbel darum zu machen.

KELLY

Das kann nicht sein. Er hat aufgehört. Und Tegan …

KELLY runzelt die Stirn.

SCHNITT AUF:

INNEN – HAUSFLUR DER TYRELLS – NACHT

TEGAN tritt durch die Wohnungstür und schmeißt ihren Rucksack auf den Boden. KELLY kommt gerade die Treppe hinunter.

TEGAN

Ich wüsste zu gerne, was in Martin gefahren ist. Er war immer total gut drauf. Und jetzt sagt er plötzlich, er will nicht mehr so viel feiern. Ich verstehe das einfach nicht.

SCHNITT AUF:

INNEN – KORRIDOR IN DER HIGHSCHOOL – TAG

KELLY und LACEY stehen noch immer vor Kellys Schließfach.

LACEY

Ich gebe nur das wieder, was ich von jemandem auf der Party gehört habe. Sie haben gekifft. Beide, Tegan *und* Martin.

Der Schulgong ertönt. Gang auf und Gang ab fallen Schließfachtüren ins Schloss und die Jugendlichen gehen langsam zu ihrer ersten Unterrichtsstunde. KELLY starrt Lacey an, als könne sie nicht glauben, was sie gerade gehört hat.

LACEY (WEITER)

Jetzt komm schon, Kel. Du weißt doch, wie die Austen drauf ist, wenn man zu spät zu ihrem Unterricht kommt.

Noch immer rührt KELLY sich nicht vom Fleck. LACEY packt sie am Arm und zerrt sie den Korridor hinunter.

8

Tegan

Ich war den ganzen Montag in meinem Zimmer und habe mich vor dem Moment gefürchtet, in dem es läuten würde und Clarks Eltern vor der Tür stehen würden, um mir dieselben Fragen zu stellen wie Mr Genovese.

Doch sie kamen nicht. Stattdessen schaute ein Mann namens Mr Deacon bei uns vorbei. Meine Mutter, die trotz meiner Proteste (ich wollte allein sein) den ganzen Tag über zu Hause geblieben war, ließ ihn – wie könnte es anders sein – ins Haus. Dann sorgte sie dafür, dass ich runterkam und mit ihm sprach. Er war ein großer, gut aussehender Mann in einem marineblauen, teuer wirkenden Anzug. Als er mir die Hand schüttelte, verschwand sie in seiner.

»Mr und Mrs Carson haben mich gebeten, dir einen Besuch abzustatten«, sagte er. »Wenn du einverstanden bist, würde ich dir gerne ein paar Fragen stellen, Tegan.«

Nein, ich war nicht einverstanden. Doch bevor ich antworten konnte, schwirrte meine Mutter auch schon um ihn herum, als wäre er ein potenzieller Dating-Kandidat.

»Bitte, Mr Deacon, kommen Sie doch ins Wohnzimmer«, sagte sie. »Kann ich Ihnen einen Kaffee anbieten?«

»Nein danke, Mrs Tyrell, ich bin wunschlos glücklich.« Ach du Schreck, er war nicht nur gut aussehend und elegant, sondern auch noch höflich.

Wir ließen uns nieder – ich in dem Sessel, in dem Kelly bei Mr Genoveses Besuch gesessen hatte, meine Mutter in dem dazu passenden Sessel neben mir und Mr Deacon auf dem Sofa auf der anderen Seite des Couchtischs. Meine Mutter verschränkte die Hände im Schoß und lächelte nervös.

»Tegan, du kannst dir sicher vorstellen, dass Mr und Mrs Carson seit dem Vorfall am Boden zerstört sind«, sagte Mr Deacon.

»Das sind wir alle«, warf meine Mutter ein.

Mr Deacon schenkte ihr ein freundliches Lächeln, doch mir konnte er nichts vormachen. Es war genauso aufgesetzt wie seine Höflichkeit. Hinter seinen Augen lag etwas Kaltes. Die Hände meiner Mutter verkrampften sich in ihrem Schoß.

»Noch erschütterter sind sie angesichts der aussichtslosen Situation, in der sich die Polizei befindet«, fuhr Mr Deacon fort. »Ein sinnloser Doppelmord, und das nicht etwa in einem Stadtteil, in dem Banden ihr Unwesen treiben, sondern in einem guten Viertel mit gebildeten, hart arbeitenden Berufstätigen, und die Polizei hat keinen einzigen Hinweis. Sie haben die Patronenhülsen, aber keine Waffe. Es gibt keine Finger- oder Schuhabdrücke, keine Haare, keine Textilfasern und kein Blut außer dem der Opfer.«

Ich zuckte zusammen, als er das sagte. Er sah mich fest an. Er wusste, welche Wirkung seine Worte auf mich hatten. Doch das hielt ihn nicht auf.

»Die Polizei hat keine Ahnung, wer die beiden Jungen getötet haben könnte oder aus welchem Grund«, sagte er. »Die Beamten haben mit Clarks und Martins Familien und ihren Freunden gesprochen. Alle sagen das Gleiche: Dass die Jungs keine Feinde hatten, nicht in irgendwelchen Schwierigkeiten steckten und sich auch mit niemandem gestritten hätten. Wenn jemand Groll gegen die beiden gehegt haben sollte, scheint niemand darüber Bescheid zu wissen. Die Polizei hat keinen Anhaltspunkt, Tegan. Und das heißt, dass es bei der

Suche nach dem Mörder dieser wunderbaren Jungs vermutlich keine Fortschritte geben wird.«

Ich konnte ihm nicht in die Augen sehen. Es ging einfach nicht. Stattdessen starrte ich auf seine Knie, auf die scharfe Bügelfalte in seiner Hose, und wartete.

»Das Einzige, was sie haben, Tegan ...« – jetzt kommt's, dachte ich – »... bist du.«

»Tegan hat der Polizei schon alles gesagt, was sie weiß«, sagte meine Mutter.

»Ja, ich habe gehört, dass die Polizei sie ein paar Mal befragt hat.« Mr Deacon griff in seine Anzugjacke und holte einige Papierbögen hervor, die genauso steif aussahen wie das blassblaue Hemd, das er trug. Er faltete sie auseinander.

»Genau darüber wollte ich mit dir sprechen, Tegan. Es gibt da ein paar Dinge, die ich nicht verstehe, und dazu würde ich dir gerne ein paar Fragen stellen.«

Wieder wurde mir ganz schlecht. Das würde nie aufhören. Die Leute würden mir immer und immer wieder Fragen stellen und jedes Mal würde ich Martin vor mir sehen. Ich würde sehen, wie sein Kopf explodierte.

»Also, beginnen wir mit den Fragen, in Ordnung?« Er schien keine Antwort zu erwarten, und wenn, dann wartete er sie nicht ab. »Also, soweit ich informiert bin, hast du die Schule an besagtem Tag mit Clark und Martin verlassen.«

An besagtem Tag. Er klang wie ein Bulle oder Anwalt. Wenn ich es mir recht überlegte, sah er in seinem dunklen Anzug und mit der seidenen Krawatte auch tatsächlich wie ein Anwalt aus.

»Stimmt das, Tegan?«

Ich nickte.

»Aber ihr wart erst kurz nach neun Uhr abends bei Thomas Skelton in der Wohnung. Ist das richtig?«

Wieder nickte ich.

»Was habt ihr drei in den fünfeinhalb Stunden, bevor ihr zu Thomas seid, gemacht?«

»Nichts«, sagte ich. Ich wusste nicht, wie er das gemeint hatte, doch es klang, als wollte er mir irgendetwas anlasten. »Wir haben nichts gemacht.«

»Was ich meine, Tegan«, sagte Mr Deacon ruhig, »ist, wo ihr drei hingegangen seid.«

»Zu Martin. Wir sind zu Martin nach Hause.«

»War sonst noch jemand dort?«

Warum fragte er mich das? Worauf wollte er hinaus?

»Nein.«

»Also nur du und Clark und Martin.«

»Ja.«

»Und was habt ihr bei Martin gemacht?«

»Nichts. Ich meine, nichts Besonderes. Wir haben etwas gegessen. Ein bisschen ferngesehen. Geredet.« Ich hatte Martin fast die ganze Zeit über angestarrt. Ich konnte nicht anders, ich konnte einfach nicht aufhören, ihn anzusehen. »Dann sind wir zu Thomas.«

»Habt ihr Drogen genommen?«

»Was?« Meine Mutter sah mich scharf an. »Soll das heißen, die beiden Jungen haben Drogen konsumiert?«

»Nein!« Wie konnte er es wagen, so etwas vor meiner Mutter zu sagen!

»Hast du schon mal Drogen genommen? Ich meine, hast du je mit Martin zusammen Drogen genommen?«

Ich sah auf die Papierbögen in seiner Hand. Mit nahezu hundertprozentiger Sicherheit hatten die Cops inzwischen eine Obduktion durchgeführt. Hatten sie irgendwelche Drogentests gemacht? Wusste er deswegen Bescheid?

Ich schüttelte den Kopf.

Mr Deacon sah mir tief in die Augen. »Das stimmt nicht, oder, Tegan?«, fragte er. »Auf der Party warst du high, nicht wahr?«

Ich sagte nichts. Was bildete er sich eigentlich ein?

»Mich kannst du anlügen, Tegan«, erklärte Mr Deacon. »Aber ich garantiere dir, die Polizei wird dir dieselbe Frage stellen, und wenn du sie belügst, ist das eine ernste Angelegenheit.«

Warum war er hier? Warum ging er nicht einfach?

»Tegan?«, fragte er.

Meine Mutter hatte mir den Kopf zugewandt. Ich konnte fühlen, wie sie mich anstarrte.

»Stimmt das, Tegan?«, fragte sie. Sie klang angespannt, als hätte ihr Mr Deacon, ein völlig Fremder, soeben den Beweis dafür geliefert, dass ich so was wie drogensüchtig war.

»Es war nur ein bisschen Gras«, sagte ich zu Mr Deacon. Ich sah meine Mutter nicht an. Ich konnte nicht.

»Du meinst Marihuana?«, fragte Mr Deacon.

»Du hast *Drogen* genommen?« Die Stimme meiner Mutter war schrill.

»Da ist ein Joint rumgegangen. Ich hab ein paarmal dran gezogen.«

»Tegan, wie konntest du nur?« Zu einem Teil lag Schrecken in ihrer Stimme, zum anderen tiefe Enttäuschung, so als wäre ich beim Heroinspritzen erwischt worden.

»Was ist mit Martin?«, fragte Mr Deacon.

»Das weiß ich nicht.« Es wäre besser gewesen, wenn ich ihm beim Antworten in die Augen geschaut hätte, aber ich konnte nicht. »Ich habe ihn nicht den ganzen Abend über beobachtet.«

»Hat Martin je Drogen genommen?«

Wenn ich selbst ein Geständnis ablegte, war das eine Sache. Aber auf keinen Fall würde ich Martin schlecht aussehen lassen. »Ich weiß es nicht.«

»Aber in jener Nacht hat er Drogen genommen, oder nicht?«

»Ich habe Ihnen doch gesagt – ich weiß es nicht.«

»Er hat an dem Abend Drogen genommen, Tegan«, sagte er, und es war eine Feststellung, keine Frage. »Was ist mit Clark? Hat er je Drogen genommen? Ich würde es begrüßen, wenn du diesmal ehrlich wärst. Seine Eltern ebenso.«

Ich warf meiner Mutter einen verstohlenen Blick zu. Noch nie hatte ich sie so enttäuscht gesehen.

»Manchmal«, sagte ich.

»So oft wie du und Martin?«

Worauf wollte er hinaus?

»Nein.« Clark mochte Wodka lieber als Gras.

»Hat Clark deines Wissens in letzter Zeit irgendwelche Drogen genommen?«

»Nein.« Seit dem Unfall hatte Clark den Drogen abgeschworen. »Zumindest nicht, dass ich wüsste.«

»Wo habt ihr die Drogen herbekommen, wenn ihr sie genommen habt?«

»Es waren keine *Drogen.*« Lieber Himmel, er machte die Sache schlimmer, als sie war. »Es war *Gras.*«

Einen Augenblick lang starte er mich an. »Du kannst es nennen, wie du willst, Tegan. Aber dir ist klar, dass Marihuana eine verbotene Substanz ist, oder? Dass es illegal ist?«

Ich starrte zurück.

»Wo hattest du die Drogen her, Tegan?«

»Wo *ich* sie herhatte?« Jetzt ließ er mich schlecht dastehen. »Ich war das nicht. Das war Martin ...« Ich hielt inne. Dieser Mann, dieser vollkommen Fremde, klagte mich wegen etwas an. Und nun klagte ich Martin an, verriet ihn.

»Was war Martin?«, fragte Mr Deacon. »Martin, der die Drogen rangeschafft hat, wenn ihr welche gebraucht habt?«

»Wir haben sie nicht *gebraucht*. Es war nur Spaß, etwas zum Entspannen. Das ist alles.«

»Wo hatte er die Drogen her?«

»Das weiß ich nicht.«

»Er hatte einen Dealer, oder nicht?«

»Ich habe gesagt, ich weiß es nicht!«

»Du weißt es nicht oder du willst es nicht sagen?«

»Mom!« Ich sah sie flehentlich an. Für einen Moment saß sie bewegungslos da. Sie war böse auf mich. Ich hatte keine Wahl. Ich begann zu weinen. Meine Mutter verstand. Sie stand auf.

»Ich denke, Sie sollten jetzt gehen«, sagte sie zu Mr Deacon.

Mr Deacon blieb, wo er war. Seine Augen ruhten auf mir.

»Hast du Martins Dealer an jenem Abend gesehen?«,

fragte er. »Hatte Martin irgendeine Auseinandersetzung mit ihm? Hat er sich geweigert, ihn zu bezahlen? Ist es das, was passiert ist? Sind Martin und Clark deswegen gestorben?«

»Nein.«

»Nein? Also weißt du *doch* etwas über diese ganze Sache, oder, Tegan?«

»Nein. Ich weiß nichts.«

»Und trotzdem scheinst du dir sicher zu sein, dass es nicht der Dealer war, der Martin und Clark erschossen hat?«

»So habe ich es nicht gemeint.«

»Laut der Beweislage und deiner eigenen Aussage stand der Täter auf der Fahrerseite, richtig?«

Ich blickte meine Mutter an. Warum befahl sie ihm nicht, zu gehen?

»Tegan?«, fragte Mr Deacon.

»Ja. Und?«

»Findest du es nicht seltsam, dass er auf Clarks Seite stand, aber zuerst auf Martin geschossen hat? Warum, glaubst du, hat er das getan?«

Ich starrte ihn einfach nur an.

»Was ist los? Hast du Angst, Tegan? Kooperierst du deshalb nicht mit der Polizei?«

Was?

»Ich habe ihnen alles gesagt, was ich weiß.«

»Wirklich?«

Meine Mutter erhob sich abermals.

»Ich möchte, dass Sie gehen. Sofort«, sagte sie.

»Wenn du mir sagen würdest, dass du Angst hast, würde ich das verstehen. Die Polizei kann dich beschützen. Wenn du ihnen hilfst, den Dreckskerl zu kriegen, der Clark und Martin umgebracht hat, wird sie dich beschützen.«

»Ich habe *nichts* gesehen.« Wie oft musste ich das eigentlich noch sagen?

»Sie verängstigen meine Tochter.« Was sie eigentlich meinte, war, dass er *sie* verängstigte. »Wenn Sie nicht augenblicklich gehen, rufe ich die Polizei.«

Mr Deacon stand auf, doch er wandte nicht einen Moment den Blick von mir ab.

»Vielleicht war es auch einer von Martins unzufriedenen Kunden«, sagte er mit einer Stimme, die so leise war wie das Zischen einer Schlange. »Hat Martin einen Kunden verärgert, weil er ihm irgendein minderwertiges Zeug angedreht hat? Oder ihm zu wenig Wechselgeld rausgegeben hat? Ist es das, was passiert ist?«

»Martin hatte keine Kunden.«

»Bist du dir sicher? Viele Drogensüchtige dealen nebenbei.«

»Er war nicht drogensüchtig.«

Mr Deacon warf einen Blick auf das Papier in seiner

Hand. »An dem Abend hat er Marihuana geraucht, Tegan. Und du auch, laut Thomas. Thomas sagte, Martin habe das Marihuana besorgt. Er hat gedealt, nicht wahr?«

Ich stand auf. Ich schubste ihn. Heftig. Ich hörte nicht auf, ihn zu schubsen, bis er aus dem Wohnzimmer draußen war und im Flur stand. Ruhig blickte er mich an.

»Du solltest wirklich mit der Polizei kooperieren, Tegan. Du solltest das Richtige tun. Clark ist der Unschuldige in der ganzen Angelegenheit. Er hatte es nicht verdient, zu sterben.«

Clark hatte es nicht verdient, zu sterben? *Clark* war der Unschuldige? Was sollte das heißen? Dass Martin es verdient hatte?

Er öffnete die Tür und war verschwunden. Ich knallte die Tür hinter ihm zu und drehte mich um. Meine Mutter stand hinter mir.

»Er hat recht, Tegan«, sagte sie. »Wenn du irgendetwas weißt, solltest du es sagen.«

9
Kelly

INNEN – HAUSFLUR DER TYRELLS – NACHT

KELLY stürzt zur Tür herein und schleudert ihren Rucksack auf den Boden.

KELLY

(schreit)

Tegan! Tegan, bist du da?

Tegan

(aus dem Wohnzimmer)

Ich bin hier.

SCHNITT AUF:

INNEN – WOHNZIMMER DER TYRELLS – NACHT

TEGAN liegt zusammengerollt auf dem Sofa, als KELLY mit wutverzerrtem Gesicht hereingepoltert kommt.

KELLY

Wie konntest du nur? Und mach dir nicht die Mühe, es abzustreiten! Ich weiß, dass es deine Schuld war!

TEGAN

Was abstreiten? Wovon redest du?

KELLY

Martin. Er hatte aufgehört, Hasch zu rauchen, aber in der Nacht, da hat er geraucht. Alle sagen das. Das warst du, oder? Du hast ihn dazu gezwungen!

TEGAN

(windet sich unbehaglich)

Wenn er in der Nacht geraucht hat, dann hatte er ganz offensichtlich nicht damit aufgehört. Wie kannst du es wagen, mir die Schuld zu geben! Ich stehe eh schon unter Druck.

Martin hätte nie etwas getan, was er nicht hätte tun wollen.

KELLY

Hätte er wohl, du musstest ihm nur genug zusetzen! Ich kenne dich. Du kannst einen so nerven, dass man alles tun würde, nur damit du endlich die Klappe hältst.

TEGAN

(setzt sich aufrecht hin)

Ich weiß nicht, was du meinst. Und überhaupt geht dich das nichts an. Du warst nicht dabei. Du hast keine Ahnung, was passiert ist, keine Ahnung, was ich durchgemacht habe. Martin war … mit mir zusammen.

KELLY

(fassungslos)

Was? Sagt wer?

TEGAN

Martin.

KELLY

Wann?

TEGAN

Auf der Party. Schau nicht so überrascht. Martin und ich sind schon seit Ewigkeiten befreundet. Es hat sich einfach zu … zu etwas Bedeutsamerem entwickelt.

KELLY

Du lügst!

TEGAN

(springt auf die Füße)

Nein, tue ich nicht. An dem Abend haben wir es offiziell gemacht. Und dann …

(ihr treten Tränen in die Augen)

Und dann musste das passieren.

KELLY

Klar … Endlich hast du es geschafft, dir einen Freund zuzulegen, und dann kommt jemand, der das alles zunichtemachen muss, indem er ihn erschießt. Zu deiner Information …

Plötzlich macht KELLY den Mund zu und atmet tief durch.

TEGAN

(blickt sie finster an)

Ich hasse dich, weißt du das? Ich hasse dich so sehr!

TEGAN stürmt aus dem Wohnzimmer. Man hört ihre Schritte auf der Treppe, gefolgt von einem lauten Türkrachen irgendwo im oberen Stockwerk. Die Kamera fährt zu einem Close-up auf Kelly zu.

KELLY

Wäre ich ein anderer Mensch, würde ich es ihr einfach sagen. Ich würde damit herausrücken und es ihr sagen. Aber was würde das bringen? Noch dazu jetzt?

Sie lässt sich aufs Sofa plumpsen und beginnt, leise zu weinen.

10

Tegan

Herr im Himmel, meine Schwester geht mir auf die Nerven. Merkt sie nicht, wie ich mich fühle? Versteht sie nicht, was ich durchmache? Zwei Menschen wurden vor meinen Augen getötet. Es ist ein Wunder, dass ich nicht selbst umgekommen bin. Jedes Mal, wenn ich die Augen schließe, sehe ich die Szene wieder vor mir – in Großaufnahme und in Zeitlupe, wie in einer dieser CSI-Shows im Fernsehen. Ich sehe den Lauf der Pistole. Ich sehe die Kugel, die auf Martin zurast. Ich sehe, wie sie in ihn einschlägt. Ich sehe seinen Kopf …

Wenn ich Glück habe, wache ich dann schreiend auf.

Wenn ich kein Glück habe, muss ich zuschauen, wie es passiert und die Pistole sich im Anschluss auf mich richtet. Ich höre eine Explosion, ähnlich einem Kanonenfeuer, und diesmal sehe ich, wie die Kugel auf mich zugeflogen kommt, direkt auf die Stelle zwischen meinen Augen. Ich höre mich schreien. Ich fühle, wie sie mich trifft, brennend heiß. Sie versengt mich. Das Nächste, was ich weiß, ist, dass ich durchgeschwitzt im Bett sitze und mir Tränen die Wangen hinabrinnen.

Und da will mir meine kleine Schwester das Leben schwer machen, weil ich ein paar Joints geraucht habe?

Okay, vielleicht war Martin nicht so entgegenkommend wie sonst, als ich ihm sagte, er würde hoffentlich die üblichen Partymitbringsel dabeihaben. In den Wochen zuvor hatte er sich wie ein totaler Spielverderber aufgeführt, und jedes Mal, wenn ich ihm vorschlug, ein bisschen Spaß zu haben, ist er regelrecht zum Griesgram mutiert. Er hatte immer eine Entschuldigung, warum es ihm gerade nicht passte: Mal hatte er zu viele Hausaufgaben, mal war er in Eile, weil er es pünktlich zu seiner ehrenamtlichen Tätigkeit bei »Ärzte ohne Grenzen« schaffen musste, die auf einmal das Wichtigste auf der Welt zu sein schien, und dann wieder war er gerade knapp bei Kasse. (Was, wie ich wusste, absoluter Schwachsinn war. Sein Dad sorgte dafür, dass er immer Geld bei sich hatte.) Es war, als würde er plötzlich zu jemand anderem werden. Ich musste mich ziemlich abmühen, um ihn dazu zu bewegen, das Zeug überhaupt mitzubringen, und auch dann noch … Gott, ich hasse Kelly. Ich hasse es, dass sie denkt, sie wüsste alles über mich. Und ganz besonders hasse ich es, wenn sie recht behält.

Ich habe Martin die ganzen drei Tage vor der Party ziemlich genervt, so lange, bis er zum ersten Mal überhaupt explodiert ist.

»Mein Gott«, hat er gesagt. »Wirst du wegen dieser Sache jemals Ruhe geben?«

Ich war so überrascht, dass ich ihn einfach nur anstarren konnte. Ich hatte das Gefühl, gleich in Tränen ausbrechen zu müssen, aber ich ließ es nicht so weit kommen. Nicht, während ich in der Kantine saß und sich so viele Köpfe nach uns umgewandt hatten.

»Na gut«, knurrte er, sprang auf, was noch mehr Lärm machte, da sein Stuhl über den Boden schrammte, und stürmte aus der Kantine.

Ich sah Clark an, der kein bisschen mitfühlend dreinblickte. Auch er war seit dem Unfall ziemlich prüde geworden, zumindest, was Hasch betraf. Direkt nachdem es passiert war, hatte er erklärt, hätten ihm seine Eltern ständig in den Ohren gelegen und Dinge gesagt wie: *Willst du wie dein Bruder Scott enden?* Ich konnte es nicht glauben. Clark und Martin waren quasi meine besten Freunde. Früher hatten wir jedes Wochenende gefeiert. Dann, aus dem Nichts, wurden sie beide so schrecklich ernst.

Aber auf der Party hatte Martin etwas dabei. Und nachdem ich ihn ein bisschen beschwatzt hatte, hat er auch bei dem Spaß mitgemacht. Und mich dabei die ganze Zeit angeschaut, aber nicht so wie früher. Es war fast, als würde er versuchen, in meiner Seele zu lesen, und ich schwöre bei Gott, er war drauf und dran, mir etwas zu sagen. Und das hätte er auch, wenn er und Clark mich zu Hause abgesetzt hätten. Ich weiß es. Ich bin nicht die egozentrische Zicke, als die meine Schwester mich hinstellt. Ich kann sehen, was in den Menschen vorgeht. Und in jener Nacht habe ich gesehen, was in Martin vorgegangen ist. Ich wusste genau, was noch passieren würde.

Clark wäre wie immer vor meinem Haus vorgefahren.

Martin wäre ausgestiegen und hätte mir die Tür aufgehalten, auch wie immer.

Nur, dass er diesmal den Weg mit mir hinaufgegangen wäre.

Diesmal hätte er mir erzählt, was ihm den ganzen Abend durch den Kopf gegangen war.

Diesmal hätte er mich geküsst.

Ich wusste es einfach.

Der Tag entwickelte sich von lediglich scheiße zu total scheiße.

Meine beste Freundin Gina rief an – zum ersten Mal seit dem Vorfall.

»Bist du immer noch böse auf mich?«, fragte ich. Sie war wütend geworden, als sie herausgefunden hatte, dass ich zu Thomas' Party eingeladen worden war und sie nicht. Sie hatte mich gebeten, Thomas zu fragen, ob er sie auch einladen würde. Ich habe ihr gesagt, dass ich das tun würde, aber ich hab's nicht gemacht. Thomas war kein Fan von Gina, und ich wollte nicht von der Einladungsliste gestrichen werden, weil ich ihm mit Gina auf den Geist ging.

»Natürlich nicht«, sagte sie, als hätte sie nicht vor Kurzem noch rumgekreischt, dass ich mich nicht genug darum bemüht hätte, sie auf die Gästeliste zu kriegen. »Hast du schon das Neueste gehört?«

»Was denn?«

»Ich habe mitbekommen, dass Martins Eltern mit Clarks Eltern über eine gemeinsame Beerdigung gesprochen haben. Macht Sinn, oder? Clark und Martin waren beste Freunde und sie haben viele gemeinsame Freunde. Sie sind auf dieselbe Schule gegangen, was bedeutet, dass sicher viele Lehrer bei beiden Beerdigungen dabei sein möchten. Außerdem, wenn du mich fragst, hätten sie zusammen sein wollen, oder was meinst du?«

»Schätze, schon.« In Wahrheit hatte ich nicht über Beerdigungen nachgedacht. Vielleicht wollte ich nicht darüber nachdenken.

»Clarks Eltern haben Nein gesagt«, sagte Gina.

»Was? Warum das denn?«

»Von Sara habe ich gehört, die es direkt von Anna hat ...« – Anna ist eine von Martins Schwestern. Sie geht ebenfalls auf meine Schule – »... dass sich Clarks Eltern in dieser Sache nicht besonders nett verhalten haben. Du weißt ja, wie sie sein können. Vor allem Clarks Mom.«

Das wusste ich allerdings. Mrs Carson war fürchterlich arrogant. Sie war in einem reichen Umfeld aufgewachsen, hatte reich geheiratet und glaubte deshalb, besser zu sein als alle anderen. Vor allem besser als Mr und Mrs Genovese. Er hatte die Schule nie fertig gemacht, und sie war von den Azoren gekommen, ohne ein Wort Englisch zu sprechen, und hatte sogar noch nach der Heirat nachts als Büroreinigungskraft gearbeitet. Ihren Gehaltsscheck hatte sie benutzt, um den Haushalt zu führen, während er jeden Cent in sein Geschäft gesteckt hatte. Mrs Carson hatte es nie gefallen, dass der beste Freund ihres heiß geliebten Clarks der Sohn zweier so verachtenswerter Leute war.

Also gab es zwei Beerdigungen, beide am selben Tag. Die von Clark fand in der United Church statt, zwei

Blocks von seinem Haus entfernt, und die von Martin in der Catholic Church in der Innenstadt im alten Viertel, wo die Familie Genovese gelebt hatte, bevor sie zu Reichtum gekommen war. Martins Beerdigung war um 11.00 Uhr, Clarks um 13.00 Uhr. Folglich blickten alle, die sowohl Martin als auch Clark gekannt hatten, immer wieder nervös auf die Uhr und rechneten nach, wie viel Zeit sie wohl brauchen würden, um in den Norden der Stadt zu gelangen und dort einen Parkplatz zu finden, um pünktlich zu Clarks Gottesdienst zu kommen. Einige unserer Mitschüler – unsensible Idioten, wenn ihr mich fragt – schlüpften aus der Kirche, noch bevor Martins Leiche durch den Mittelgang hinausgetragen wurde. Aber ich nicht. Und Gina auch nicht. Ich hatte sie dazu gezwungen, mit mir bis zum Ende zu bleiben. Wir nahmen uns ein Taxi und kamen insbesondere wegen des Verkehrs ein bisschen zu spät zu Clarks Beerdigung, aber ich glaube nicht, dass es irgendjemand bemerkt hat, und es geschah ja auch nicht aus Respektlosigkeit.

Nach dem Gottesdienst näherte ich mich den Carsons. Eigentlich wollte ich, dass Gina mich begleitete, doch sie weigerte sich. Sie sei nicht gut im Umgang mit Leuten, die gerade einen geliebten Menschen verloren hätten. Und so was nannte sich Freundin! Es war ja nicht so, als hätte ich weiß Gott wie viel Übung darin.

Mein Magen zog sich zusammen, als ich mir einen Weg durch die Menge bahnte, die sich um Mr und Mrs Carson geschart hatte.

»Tegan«, sagte Mrs Carson. Obwohl wir gleich groß waren, gelang es ihr, auf mich herabzusehen. »Ich bin sehr froh, dass du es zumindest zu einem Teil des Gottesdienstes geschafft hast.« In ihrer Stimme lag keine Wärme, sondern reine Missbilligung.

Als er meinen Namen hörte, drehte sich Mr Carson um. Der Ausdruck in seinen Augen war so hart wie die Stimme seiner Frau kalt.

»Es tut mir leid«, stammelte ich. »Ich wollte nicht zu spät kommen. Es ist nur, dass …«

Sie wandten mir den Rücken zu. Ich war so fassungslos, dass mir Tränen in die Augen schossen.

Jemand packte mich am Arm und zog mich weg. Es war Gina.

»Ich glaube nicht, dass sie böse sind, weil wir zu spät waren«, sagte sie mit so leiser Stimme, dass niemand sonst uns hören konnte. »Ich glaube, es sind einfach nur, na ja, die Umstände.«

»Wie meinst du das?«

»Du weißt schon.« Gina wand sich, als müsse sie plötzlich dringend pinkeln.

»Nein, das weiß ich nicht«, entgegnete ich.

»Weil du dort warst.«

»Ja und?«

»Und weil du der Polizei gesagt hast, du hättest nichts gesehen.«

»Ich habe nichts gesehen.«

»Ich weiß«, sagte Gina schnell. »Ich denke einfach nur, dass sie das nicht so richtig glauben können.« Sie zögerte einen Moment. »Das können viele nicht, Teeg.«

Viele konnten das nicht? Wieder war mir nach Weinen zumute.

Gina legte einen Arm um mich und gleich fühlte ich mich besser. Wenigstens eine, die mir glaubte. Dann sagte sie: »Bist du sicher, dass du nichts gesehen hast?«

»Ob ich *sicher* bin?«

»Ich meine ja nur, ob …«

»Ob ich *sicher* bin?« Was war denn nur los mit ihr? »Glaubst du nicht, dass ich es der Polizei erzählt hätte, wenn ich etwas – irgendetwas – gesehen hätte?«

»Ich sage doch nur …«

»Es ist so schnell passiert … und es war schon vorbei, bevor ich überhaupt begriffen hatte, was vor sich ging.«

Gina blickte sich nervös um. Kein Wunder. Die Leute starrten mich an. Ich sah Mr und Mrs Carson in der Menge. Auch sie blickten zu mir herüber.

»Ich habe nichts gesehen«, zischte ich. Dann verschwand ich aus der Kirche.

11

Kelly

INNEN – WOHNZIMMER DER TYRELLS – TAG

KELLY sitzt im Wohnzimmer und starrt ins Leere. Sie trägt einen schwarzen Rock, einen schwarzen Sweater und eine schwarze Strumpfhose. In der Hand hält sie den Gebetszettel von Martins Beerdigung mit seinem Foto drauf. Als sie hört, wie sich die Haustür öffnet, blickt sie lustlos auf. TEGAN und GINA kommen herein, beide wie für eine Beerdigung angezogen. TEGAN sieht aus, als hätte sie geweint. GINA versucht, sie zu trösten.

GINA

(gebetsmühlenartig)

Ignorier sie einfach. Sie sind aufgebracht. Das kannst du ihnen nicht vorwerfen.

KELLY

Wer ist aufgebracht?

TEGAN

(beachtet ihre Schwester nicht)

Sie hassen mich.

KELLY

Wer hasst dich?

GINA

Sie hassen dich nicht. Sie haben ihren Sohn verloren. Und nach allem, was mit Scott passiert ist …

KELLY

Du heulst wegen der *Carsons?* Das sind doch totale Snobs. Und Clark war so ein Arsch …

TEGAN fährt herum und gibt Kelly eine Ohrfeige. Das Klatschen hallt in der plötzlichen

Totenstille des Raums wider. GINA starrt ihre Freundin ungläubig an. Sie sieht aus, als wäre ihr ziemlich unbehaglich zumute.

GINA

Vielleicht sollte ich besser gehen.

TEGAN

Nein, tu das nicht.

KELLY legt ihre Hand auf die Stelle, wo Tegan sie geschlagen hat. Sie dreht sich um und verlässt langsam das Zimmer.

SCHNITT AUF:

INNEN – KELLYS ZIMMER – TAG

KELLY betritt ihr Zimmer. Langsam und bedächtig macht KELLY die Tür hinter sich zu und geht zu ihrem Schminktisch hinüber. Sie starrt in den Spiegel und auf den roten Handabdruck auf ihrer Wange.

KELLY

(zur Kamera, während sie in den Spiegel blickt)

Er *war* ein Arschloch. Clark Carson war ein Arschloch, und wenn ihr mich fragt, sind seine

Eltern daran schuld. Er dachte, er sei besser als alle anderen. Ständig hat er den Leuten das Leben schwer gemacht.

RÜCKBLENDE:
INNEN – HIGHSCHOOL-KORRIDOR – TAG

Ein kleiner, dünner JUNGE trägt einen Stapel Schulbücher durch den Korridor. Plötzlich stürzt er. In Zeitlupe fliegen ihm die Bücher aus der Hand. In Zeitlupe – und in vollkommener Stille – fallen sie auf den Boden, der Junge ebenso. Die Kamera fährt zurück und zeigt einen in den Korridor ausgestreckten Fuß. Die Kamera schwenkt über den Fuß, das Bein und den Rumpf hoch zu einem lautlos lachenden Gesicht – zu CLARKs Gesicht. Der Ton kommt zurück. CLARK lacht. Alle im Korridor lachen, bis auf den Jungen auf dem Boden und KELLY, die die Szene angewidert von der anderen Seite des Flurs beobachtet hat.

SCHNITT ZURÜCK AUF:
INNEN – KELLYS ZIMMER – TAG

KELLY schaut in die Kamera.

KELLY

Er war einer dieser Typen, denen es einen regelrechten Kick gibt, andere unglücklich zu machen.

RÜCKBLENDE:
INNEN – HIGHSCHOOL-KANTINE – TAG

Ein pummeliges MÄDCHEN sitzt allein an einem kleinen Tisch im hinteren Teil der Kantine. Vor ihr steht eine Plastikbox mit Karotten und Stangensellerie. Langsam kaut das Mädchen darauf herum, während sie in einer Modezeitschrift blättert. Um sie herum herrscht das zur Mittagszeit übliche Kommen und Gehen. Ein Wirrwarr aus Gesprächen und Gelächter bestimmt die Geräuschkulisse. Ein PIZZABOTE mit drei großen Pizzaschachteln erscheint. Er geht in den hinteren Teil der Kantine. Die Jugendlichen halten inne in dem, was sie gerade tun, und blicken ihn an. Erst bei dem Tisch mit dem pummeligen Mädchen bleibt er stehen.

PIZZABOTE

Gail Washington?

GAIL

(verwirrt)

Ja?

Der PIZZABOTE stellt die Schachteln auf ihrem Tisch ab.

GAIL (WEITER)

Die habe ich nicht bestellt.

Der PIZZABOTE holt eine Stimmpfeife aus seiner Tasche, bläst hinein und beginnt zu singen.

PIZZABOTE

Gail, wir wissen, du versuchst so sehr,
abzunehmen, aber das ist schwer.
Weg mit all dem Fett und Speck,
vielleeeiiicht geht abends einer mit dir weg.

GAIL sieht sich um. Alle starren sie an. Sie macht sich in ihrem Stuhl so klein wie möglich und sieht aus, als würde sie am liebsten unsichtbar werden.

PIZZABOTE (WEITER)

Du hast gestrichen, was du magst,
für Gemüse und Salat,
kein Kuchen und kein Eis,
es ist so traurig, so ein Scheiß.

Die Pizza ist von uns für dich,
denn wir bewundern dich gar fürchterlich.
Hast abgenommen, wir tun kund:
500 Gramm, ein ganzes Pfund!

Alle in der Kantine brechen in lautes Gelächter aus. GAIL ist zutiefst beschämt. Sie starrt auf die Schachteln. Tränen treten ihr in die Augen. Der PIZZABOTE zieht sich zurück. Wir sehen eine ausgestreckte Hand mit Geld. Langsam fährt die Kamera den Arm entlang, hoch zur Schulter und dem dazugehörigen Gesicht. CLARK lacht, als er dem Pizzaboten das Geld in die Hand drückt.

SCHNITT ZURÜCK AUF:
INNEN – KELLYS ZIMMER – TAG

KELLY

Ja, ein richtiger Vollidiot. Und genau die Art Junge, der *einen selbst* zu einem Vollidioten machen konnte. Ihr wisst schon, zu jemandem, der über die Missgeschicke anderer lacht – na ja, zumindest über *Clarks* Missgeschicke. Nicht, dass er das nicht verdient gehabt hätte.

Nehmen wir zum Beispiel den Tag, an dem ich einen Zahnarzttermin hatte. Ich hatte ihn gerade hinter mich gebracht und trat auf die Straße hinaus. Es war, als wäre eine Neutronenbombe hochgegangen oder so – nichts dort draußen regte sich, außer mir. Dann sah ich ein Auto vorbeifahren.

RÜCKBLENDE:

AUSSEN – EINE STRASSE IN DER STADT – TAG

Ein schwarzer Lexus-Van fährt an KELLY vorbei, die auf dem Gehweg steht. Der Van hält an und will gerade rückwärts in eine Parklücke einparken, als ein zweiter Wagen, ebenfalls ein Lexus, mit der Schnauze voran in die Parklücke stößt. Grinsend steigt der Fahrer des zweiten Autos aus. Es ist CLARK. Er entdeckt Kelly und winkt ihr zu. KELLY stöhnt und verdreht die Augen. Sie sieht zu, wie das erste Auto weiter unten auf der Straße in eine andere Lücke einparkt. Der FAHRER steigt aus. Er öffnet die Heckklappe seines Vans und entfernt sich von dem Wagen. Kelly runzelt die Stirn. Was macht er da? CLARK, der den anderen Fahrer nicht bemerkt, nähert sich KELLY.

CLARK

Na, wenn das nicht der andere Tyrell-Zwilling ist.

KELLY

(genervt)

Wir sind keine Zwillinge.

KELLY blickt über Clarks Schulter. Der FAHRER des anderen Autos kommt rasch näher. Er wirkt nicht besonders kompakt, ja eigentlich ist er eher dünn, obwohl mindestens so groß wie Clark. Er ist schwarz gekleidet, von Kopf bis Fuß: schwarze Jeans, schwarzes T-Shirt, ein langer schwarzer Mantel, schwarze Stiefel – und er hat schulterlanges, schwarzes Haar. Seine Sonnenbrille ist verspiegelt, eine hässliche Narbe läuft diagonal von der Mitte seines Kinns bis zur Mitte seiner rechten Wange.

CLARK

(an Kelly gewandt)

Der ohne Sinn für Humor. Der … Hey!

Der ANDERE FAHRER hat Clark grob am Arm gepackt und dreht ihn zu sich herum.

ANDERER FAHRER

Das war meine Parklücke. Hast du nicht gesehen, dass ich gerade dabei war, reinzufahren?

CLARK

(verärgert, jetzt, da er sieht, wer es wagt, ihn zu berühren)

Nein, habe ich nicht. Wenn Sie jetzt so freundlich wären …

ANDERER FAHRER

Von wegen freundlich. Das war meine Parklücke. Ich war zuerst da.

Clark reißt sich los.

CLARK

Tja, jetzt ist es meine.

Er dreht sich von dem Fahrer weg, wendet sich wieder Kelly zu und will gerade etwas sagen, als ein schriller Laut die Stille zerreißt. Der ANDERE FAHRER hat gepfiffen. Als Antwort springen zwei Hunde aus dem hinteren Teil des Vans und sprinten an seine Seite. Als KELLY merkt, dass es sich um Pitbulls handelt, tritt sie automatisch einen Schritt zurück. Sie sind nicht angeleint. Der ANDERE FAHRER deutet auf Clark und schnipst mit den Fingern. Knurrend schießen die Hunde auf Clark zu. Sie sehen ziemlich fies aus.

CLARK

(versucht, seine Angst zu verbergen)

Hey, Mann. Pfeif deine Hunde zurück.

ANDERER FAHRER

Du schuldest mir eine Entschuldigung.

CLARK

Mein Gott, das war eine Parklücke auf einer öffentlichen Straße. Sie haben einen anderen Parkplatz gefunden. Wo ist das Problem?

Wieder schnipst der ANDERE FAHRER mit den Fingern. Jetzt beginnen die Hunde, CLARK anzuspringen, der seine Angst nicht länger verbergen kann.

CLARK (WEITER)

Alter!

Hektisch kramt CLARK in seiner Jackentasche nach seinem Handy. Ohne den Blick von den immer noch knurrenden Hunden abzuwenden, zieht er es hervor.

CLARK (WEITER)

Ruf sie zurück, oder ich …

»Hand«, sagt der ANDERE FAHRER, woraufhin einer der Hunde nach Clarks Hand schnappt. Erschrocken lässt dieser das Handy fallen, während seine Hand nach oben zuckt, außer Reichweite des Hundes.

ANDERER FAHRER

Oder was?

KELLY tritt noch ein paar Schritte zurück. Auf keinen Fall will sie da mit reingezogen werden. Der andere Fahrer soll nicht mal wissen, dass sie Clark kennt.

ANDERER FAHRER (WEITER)

Ich kann denen noch ganz andere Befehle geben. Die werden dir garantiert nicht gefallen.

CLARK gibt keinen Mucks von sich.

ANDERER FAHRER (WEITER)

So was wie Ach...

Der ANDERE FAHRER hält inne, als sich ein nasser Fleck vorne auf Clarks Hose abzeichnet. Er hat sich vor Angst in die Hose gemacht. KELLY starrt ihn an. Der ANDERE FAHRER grinst.

ANDERER FAHRER (WEITER)

Also, wegen der Entschuldigung ...

CLARK

Tut mir leid, okay? Mein Gott! Entschuldigung. Entschuldigung.

Der ANDERE FAHRER schnipst mit den Fingern und sofort sind die Hunde ruhig.

ANDERER FAHRER

Dass mir das nicht noch mal vorkommt!

Er sagt »bei Fuß« und die beiden Hunde springen wieder an seine Seite. KELLY schaut zu, wie er sich langsam entfernt. Eine ganze Minute lang steht CLARK bewegungslos da. Endlich beginnt er mit leiser, erstickter Stimme zu sprechen.

CLARK

Ist er weg?

KELLY nickt. CLARK dreht sich um. Sein ganzer Körper scheint vor Erleichterung in sich zusammenzusacken. Er wendet sich wieder zu KELLY um, die ihm auf den Schritt starrt. CLARK wird rot. Er zieht seine Jacke aus und hält sie vor sich.

CLARK (WEITER)

Wenn du irgendjemandem davon erzählst …

KELLY kann ihn einfach nur anstarren. Sie beobachtet, wie er zu seinem Auto geht, innehält, dann zum Wagen des anderen Fahrers weiterläuft, stehen bleibt und ihn sich genau einprägt. Schließlich kehrt er zu seinem eigenen Auto zurück. Einen Augenblick nachdem er sich mit quietschenden Reifen vom Bordstein entfernt hat, beginnt KELLY zu lachen.

KELLY

(zu sich selbst)

Wo ist ein Publikum, wenn man mal eins braucht?

SCHNITT ZURÜCK AUF:
INNEN – KELLYS ZIMMER – TAG

KELLY

(in die Kamera)

Die Sache ist die – ich habe nie etwas gesagt. Ich wollte. Aber ich habe immer wieder seinen Gesichtsausdruck vor mir gesehen – nicht den von Clark, sondern den von diesem anderen Kerl. Er war gemein. Und diese Hunde? Das waren Waffen und der Typ wusste das. Ach, keine Ahnung. Nach allem, was Clark getan hat, gibt es eine Menge Schüler, die sich angesichts dieser Geschichte vor Lachen in die Hose gemacht hätten. Aber ich hab's einfach nicht über mich gebracht. Ich konnte es niemandem erzählen. Nicht mal Tegan. Clark hat mich wochenlang nicht angeschaut. Und immer wenn er mich danach zu Gesicht bekam, hat er wieder so verängstigt ausgesehen wie damals, als habe er Angst, ich könne etwas verraten. Als habe er Angst, alle würden über ihn lachen, so wie sie über Gail oder den Jungen, der im Korridor gestolpert ist, gelacht haben.

(seufzt)

Schätze, ich habe niemandem davon erzählt, weil es so etwas wie »die Regel der Guten« gibt – zumindest nennt meine Mom es so. Im Film kann der Böse alles tun, was er will, und sei es noch so abscheulich – vergewaltigen, töten, verstümmeln. Aber der Gute, der darf so was nicht machen, denn was würde ihn sonst vom Bösen unterscheiden? Oder wie meine Mutter auch zu sagen pflegt: »Es gibt schon genug Idioten auf der Welt, Kelly. Da musst du dich nicht noch dazugesellen.« Aber, Leute, ihr habt keine Ahnung, wie nah dran ich war, die ganze Sache auszuplaudern.

12

Tegan

Ich gebe es nur ungern zu – ich gebe alles nur sehr ungern zu, worüber sich Kelly diebisch freuen könnte –, aber Clark konnte wirklich ein Idiot sein. Laut Martin war das nicht immer so gewesen. Er kannte Clark noch aus der Grundschule. Ihm zufolge war Clark damals so extrem schüchtern gewesen, dass er einem beim Sprechen nicht in die Augen sehen konnte – das heißt, wenn er gezwungen war zu sprechen. Von sich aus begann er keine Unterhaltung. Seine Schüchternheit machte ihn zum Außenseiter. Wenn im Sportunterricht Teams gebildet wurden, wählte man ihn als Letzten.

»Schätze, er hat mir leidgetan«, hatte Martin mir mal

gesagt. »Ich bin einfach immer wieder zu ihm gegangen, habe mit ihm geredet und ihn gefragt, ob er sich beim Mittagessen zu mir setzen will. So Sachen halt. Nach einer Weile ist er offener geworden.«

Auf eine gewisse Art.

Clarks drei Jahre älterer Bruder Scott war der Goldjunge der Familie. Er sah gut aus (genau wie Clark, der das damals laut Martin jedoch nie geglaubt hatte), war intelligent und hatte die ganze Schulzeit hindurch hervorragende Noten. Er war sportlich, Kapitän des Footballteams, der Star-Fußballer der Schulmannschaft, einer der Besten in der Hockey-Liga – und ein Charmeur. Die Lehrer mochten ihn, überhaupt mochten ihn Erwachsene, und Jugendliche in seinem Alter mochten ihn auch. Er brachte wirklich jeden zum Lachen. Kurzum, er war enorm beliebt.

Clark hingegen hatte mehr mit der Schule zu kämpfen, wobei er nie irgendwo durchgefallen war. Er war ein durchweg solider Zweierschüler, aber Martin zufolge musste er hart für diese Noten arbeiten. Doch für seine Lehrer, die ihn immer mit Scott verglichen, war er nicht gut genug, und für seine Eltern, die glatte Einsen forderten, ebenso wenig. Auch im Sport war Clark nicht so gut wie Scott. Gut, er qualifizierte sich fürs Team, aber er war nie in der ersten Riege.

Und dann war da noch das Stottern.

Als er klein war, hatte Clark furchtbar gestottert. Wie sich zeigte, war dies der Grund für seine Schüchternheit und sein Schweigen. Je nervöser er war, desto schlimmer wurde es. Und natürlich machten sich die anderen Kinder über ihn lustig.

Seine Eltern betrachteten ihn – auch das weiß ich von Martin – als »schadhafte Ware«. Sein Vater pflegte die Sätze für Clark zu beenden und ihm zu sagen, er würde es nie zu etwas bringen, wenn er nicht lernte, wie ein Mann zu sprechen. Martin sagte, seine Mutter unterstützte ihn etwas mehr, aber wann immer Clark vor ihren Freundinnen den Mund aufmachte, nahm ihr Gesicht einen gequälten Ausdruck an. Ihre Lösung war, ihn zur Intensivbehandlung beim Logopäden zu schicken. Jahrelang musste er dreimal die Woche dorthin, und der Therapeut versuchte alles Menschenmögliche, um ihn von seinem Stottern zu heilen.

»Nach der Schule war ich mal bei ihm zu Hause«, sagte Martin. »Sein Dad kam, ohne zu klopfen, ins Zimmer gestürzt. Er hatte ein Blatt Papier in der Hand, die Rechnung des Logopäden, und ist auf Clark losgegangen, weil der all sein Geld verschleudert hätte und das Stottern nicht besser würde. In Wirklichkeit *hatte* es sich gebessert. Wenn Clark und ich allein waren, stotterte er kaum noch. Aber in der Nähe seines Dads war es schrecklich.«

Als Clark mit der Junior High begann, hatte er das Problem unter Kontrolle, es passierte ihm kaum noch. Doch für seinen Dad schien das keinen Unterschied zu machen. Als sein Sohn nicht mehr stotterte, hatte er ihn wegen seiner Noten auf dem Kieker und danach, weil er kein so guter Sportler war wie Scott. Er zog immerzu über ihn her. Wenn ihr mich fragt, schikanierte Clark die anderen deswegen – um sich selbst besser zu fühlen. Insofern, ja, er konnte ein Idiot sein. Aber das war nicht von Anfang an so gewesen. Hätte er andere Eltern gehabt – einen anderen Dad –, wäre er vielleicht auch ein anderer Clark gewesen.

Und dann hatte Scott den Unfall.

Der perfekte, ach so beliebte Scott betrank sich beim Ausgehen und stieg in sein teures Auto, das er so richtig auf Touren brachte und in einer Kurve dann nicht mehr steuern konnte – mit dem Ergebnis, dass es sich buchstäblich um einen Strommast wickelte. Monatelang war er im Krankenhaus. Sein Rückenmark war durchtrennt und er landete im Rollstuhl. Er hatte auch einen Hirnschaden erlitten. Er war kein Charmeur mehr. Nicht mehr witzig, nicht mehr sportlich, ja er war noch nicht mal mehr gut aussehend. Er war einfach nur der arme, arme Scott, der rund um die Uhr versorgt werden musste und dessen Mutter ein Vermögen für seine Physiotherapie ausgab, nachdem sie gerade erst ein Vermögen für Clarks Logopädie-Behandlung ausgegeben hatte. Nur, dass bei Scott nie eine Besserung eintreten würde.

Über Nacht wurde Clark plötzlich zum Lieblingssohn seines Vaters, zu demjenigen, der den Familiennamen weitertragen und all die Reichtümer erben würde. Er nannte ihn »mein Sohn«, und es klang, als hätte er nur den einen. Doch Clark ließ sich nicht täuschen. Er wusste, was sein Dad im Schilde führte. Und er vergab ihm nie, wie schlecht er ihn vor Scotts Unfall behandelt hatte. Trotzdem bereitete er seinem Vater keinen Kummer. Ausgeschlossen. Stattdessen nahm er ihn nach Kräften aus. Und er versuchte weiter, sich gut zu fühlen, indem er sich ein ums andere Mal bewies, dass er nicht so erbärmlich war wie viele der anderen.

Manchmal konnte er ein solcher Idiot sein, dass ich ihm am liebsten ins Gesicht gesagt hätte, was ich von ihm hielt: Du bist ein Arschloch, Clark. Ein mieser Mobber. Gerade du solltest es besser wissen, als dich über andere lustig zu machen. Du solltest es besser wissen, als solchen Mist zu machen.

Nur, dass Clark noch etwas an sich hatte: Er vergaß nie und er vergab auch nie. Wenn man ihn verärgert hatte, strich er einen von seiner Liste – für immer.

Und, na ja, so ein großer Idiot war er dann auch wieder nicht, als dass ich das riskieren wollte. Clark hatte immer Geld. Er wusste immer, wo eine Party gefeiert wurde. Und wenn mal nichts stattfand, konnte er das ändern. Und – natürlich – wo Clark war, war auch Martin. Wenn ich Clark wirklich gesagt hätte, was ich von ihm hielt, hätte ich Martin vielleicht nie wiedergesehen. Abgesehen davon machte Clark mir nie das Leben schwer. Na ja, fast nie.

Und Martin schien sich durch ihn nicht gestört zu fühlen – warum sollte er mich dann stören?

Martin.

Er war so süß. Und lustig. Vor allem, wenn er angeheitert war. Mann, er konnte mich echt zum Lachen bringen. Hübsch war er auch. Und klug. Und nett. Das mochte ich an ihm. Ich war mir sicher, dass zwischen uns was passieren würde.

Dann erzählte mir Gina, dass Anna ihr erzählt hätte, dass Martin auf meine Schwester stand – auf die zielstrebige Spaßbremse Kelly, die nie auf Partys ging. Was um Himmels willen fand er an ihr? Ich glaubte das nicht. Allerdings wollte er plötzlich nicht mehr auf Partys und sorgte sich darüber, er könne verhaftet werden. Das würde seinem Traum, auf die medizinische Fakultät zu kommen, ein Ende bereiten. Als dürften Ärzte keinen Spaß haben.

Nein, ich bin sicher, dass es nicht in die Richtung gegangen wäre, die Gina angedeutet hatte. Ich meine, zuerst wollte er sich nicht betrinken und groß feiern. Aber das habe ich ja noch ändern können, oder nicht? Wir hatten einen Mordsspaß. Und ich habe gesehen, wie er mich in jener Nacht angeschaut hat. Ich war da. Anna nicht. Und auch nicht Gina. Oder Kelly. Nein, wenn nicht alles so gelaufen wäre, wie es in jener Nacht gelaufen war, dann wären Martin und ich wahrscheinlich zusammengekommen. Das weiß ich.

Aber es war so gelaufen.

Und jetzt waren sie beide tot. Clark und Martin. Nicht nur, dass ich damit leben musste – damit, was ich gesehen hatte, was alle glaubten, das ich gesehen hatte, mit allem, was die Leute sagten –, nein, ich musste den anderen auch entgegentreten. Früher oder später musste ich wieder in die Schule. Allein. Ohne Martin und Clark.

Ich hatte keine Ahnung, wie ich das schaffen sollte.

13

Kelly

INNEN – KÜCHE DER TYRELLS – TAG

MRS TYRELL steht an der Anrichte und trinkt ihre Tasse Kaffee aus. Sie trägt ein Businesskostüm. KELLY sitzt am Tisch und isst einen Toast. TEGAN steht mit grimmigem Gesichtsausdruck in der Küchentür.

MRS TYRELL

Es wird dir guttun. Carla sagt, Bradley hätte gesagt, das Beste, was du tun kannst, ist, dich wieder in die täglichen Abläufe einzugliedern.

KELLY

(in die Kamera)

Carla ist die beste Freundin meiner Mutter, ihr Mann Bradley arbeitet als Psychiater.

MRS TYRELL

Abgesehen davon willst du doch wohl nicht das Schuljahr verlieren, oder?

TEGAN

Ich habe gerade meine beiden besten Freunde verloren. Was kümmert mich da das Schuljahr?

MRS TYRELL

Du kannst nicht einfach aufgeben. Im Leben werden wir alle mit Schmerz konfrontiert, Tegan. Und wir sind alle dazu aufgerufen, stark zu sein. Clark und Martin hätten nicht gewollt, dass dein Leben endet, weil ihres vorbei ist. Ich weiß, dass sie das nicht gewollt hätten. Kelly wird dich begleiten.

KELLY

Nein, das wird sie nicht.

MRS TYRELL

Tegan ist deine Schwester. Sie hat etwas durchgemacht, was du dir nicht mal ansatzweise vorstellen kannst. Du wirst sie begleiten und du wirst auf sie aufpassen.

KELLY

Warum geht sie nicht mit Gina zur Schule? Gina ist ihre beste Freundin.

MRS TYRELL blickt TEGAN forschend an, die traurig den Kopf schüttelt.

MRS TYRELL

Sie möchte, dass du mit ihr gehst.

KELLY schaut ihre Mutter an, als hätte sie den Verstand verloren.

KELLY

Nein, möchte sie nicht.

KELLY wirft Tegan einen Blick zu.

KELLY (WEITER)

Oder, Teeg?

TEGAN

(bleich)

Eigentlich möchte ich es doch, Kel.

MRS TYRELL

Also abgemacht.

KELLY

(in die Kamera)

Mein Plan: Ich warte, bis Mom zur Arbeit geht, und mache mich dann allein vom Acker. Oh mein Gott, wer glaubt sie, dass sie ist? Tegan meine ich. Die letzten paar Tage hat sie nichts anderes getan, als mir zu sagen, dass ich mich um meinen eigenen Kram scheren soll. Und jetzt will sie meine Hilfe? Nein, danke!

MRS TYRELL bleibt, wo sie ist, die Arme vor der Brust verschränkt.

MRS TYRELL

Also? Geh und hol dein Zeug, Tegan.

TEGAN wirft ihrer Mutter einen genervten Blick zu.

KELLY

(in die Kamera)

Na, was sagt man dazu? In meinem großen Schwesterlein geht das Gleiche vor wie in mir. Nur, dass sie darauf wartet, wieder hoch in ihr Zimmer zu können, wenn Mom weg ist.

TEGAN verlässt die Küche. Man hört Schritte auf der Treppe nach oben und kurz darauf hört man sie wieder herunterkommen. Mit einem Rucksack über der Schulter taucht sie erneut auf. MRS TYRELL drückt sich von der Anrichte ab und begleitet die Mädchen zur Tür.

SCHNITT AUF:

INNEN – KORRIDOR IN DER HIGHSCHOOL – TAG

Ungeduldig steht KELLY neben Tegans Schließfach, während diese an ihrem Zahlenschloss herumfummelt, damit es aufgeht.

KELLY

(unruhig)

Mann, Teeg, ich muss gehen! Ich muss zu *meinem* Schließfach.

TEGAN

Nur eine Sekunde noch. Ich gehe auch mit dir mit, versprochen.

KELLY

Du musst nicht mit mir mit.

KELLY drückt sich von dem Schließfach ab, an dem sie gerade noch gelehnt hat. TEGAN packt sie am Arm.

TEGAN

Bitte, Kel. Nur heute.

KELLY

Was ist denn mit dir los? Wo ist Gina?

TEGAN

(wütend)

Warum fragst du immer wieder nach Gina? Was hat sie denn mit der ganzen Sache zu tun?

KELLY

Ärger im Beste-Freundinnen-Land?

TEGAN

Bitte, Kel! Die anderen schauen die ganze Zeit zu mir rüber. Jetzt gerade auch. Ich mag das nicht.

KELLY blickt sich in dem überfüllten Flur um. Tatsächlich, die anderen starren Tegan an. Einige von ihnen unterhalten sich, während ihre Augen wie festgeklebt auf ihr ruhen.

KELLY

Die sind nur neugierig. Ich wette, Clark und Martin sind die Ersten in der Geschichte der Schule, die je erschossen wurden.

TEGAN

Das ist es nicht. Deswegen glotzen die nicht so.

KELLY

Was meinst du damit?

Bevor TEGAN antworten kann, sieht sie ein Mädchen näher kommen. Es ist zierlich und schmal, mit langem dunklen Haar und durchdringenden braunen Augen – ANNA GENOVESE, Martins Schwester.

TEGAN

Oh mein Gott! Das ist Anna. Was soll ich ihr sagen?

ANNA kommt direkt auf Tegan zu. Sie streckt den Arm vor und stößt Tegan gegen die Schließfächer.

ANNA

Schlampe! Du verlogene Schlampe!

In dem mit Schülern gefüllten Korridor wird es plötzlich totenstill, als hätte jemand einen Schalter umgelegt, den Ton abgestellt.

ANNA (WEITER)

Wie kannst du es wagen, der Polizei zu erzählen, mein Bruder hätte mit Drogen gedealt?!

TEGAN blickt sie betroffen an.

TEGAN

Das habe ich nie gesagt.

ANNA

Zuerst verbreitest du Lügen über Martin und jetzt lügst du mich an.

ANNAS Blick schweift über die Jugendlichen im Korridor, als wolle sie sicherstellen, dass ihr auch wirklich alle zuhören.

TEGAN

Ich habe den Cops gegenüber Drogen nie erwähnt. Und ich habe auch nie gesagt, Martin hätte mit Drogen gedealt.

ANNA

Und wie kommt es dann, dass die Polizei zu uns nach Hause gekommen ist und meine Mom, meinen Dad und meine Schwestern gefragt hat, ob wir wüssten, dass Martin Drogen genommen hat? Du hättest das Gesicht meiner Mutter sehen sollen! Es war, als hätte ihr der Cop in die Brust gefasst und ihr das Herz rausgerissen!

TEGAN

Ich habe der Polizei nicht gesagt, dass Martin Drogen genommen hat.

KELLY mustert ihre Schwester aufmerksam.

ANNA

Hör auf zu lügen.

TEGAN

Ich lüge nicht.

ANNA

Die Polizei sagt, Martin hätte an dem Abend, an dem er gestorben ist, gekifft.

TEGAN

Das wissen sie wahrscheinlich aufgrund der Autopsie.

ANNA

Sie sagen, auf der Party hätten noch andere gekifft, und Martin hätte das Gras besorgt. Meine Mutter hat zu weinen angefangen, als sie ihr das gesagt haben. Sie hat Angst, er könnte irgendwie kriminell gewesen sein.

TEGAN

Sie müssen noch jemand anderen befragt haben, der auch auf der Party war. Mir gegenüber haben sie nichts dergleichen erwähnt.

KELLY

(in die Kamera)

Sie verheimlicht uns irgendetwas. Ich kenne diesen Gesichtsausdruck.

ANNA

Die Polizei hat uns gefragt, ob wir wüssten, wo Martin die Drogen herhatte, die er auf der Party dabeihatte. Sie haben uns über jeden ausgefragt, mit dem Martin je gesprochen hat, über jeden, den er je angerufen hat. Sie sagten, sie würden seinen Handyspeicher durchgehen, und sie haben seinen Laptop beschlagnahmt. Mein Dad hat sie gefragt, weshalb sie das alles für nötig hielten. Und weißt du, was sie gesagt haben? Na?

(starrt Tegan an)

Sie sagen, es sei möglich, dass die Drogenszene mit Martins Tod zu tun habe. Du weißt, was das heißt, oder? Sie glauben, er sei selbst an seinem Tod schuld. Sie glauben, dass das passiert ist, weil er ein Dealer war.

TEGAN

(sichtlich erschüttert)

Das war ich nicht. Ich habe nichts dergleichen gesagt.

Wieder wirft ANNA einen Blick auf ihr Publikum, um sicherzugehen, dass auch alle gut aufpassen.

ANNA

Mein Dad hat Clarks Dad angerufen, weil er wissen wollte, ob die Polizei ihm die gleichen Fragen gestellt hat. Mr Carson meinte nein, natürlich nicht. Er sagte, der Obduktionsbericht würde eindeutig beweisen, dass Clark an jenem Abend keine Drogen genommen habe. Er sagte, Clark habe nie Drogen genommen, so als wäre Clark ein Engel und Martin der Teufel. Dabei war Martin tausendmal netter als Clark. Er hat sich nie über andere lustig gemacht, sie rumgeschubst oder ihnen ohne Grund das Auto zerkratzt, so wie Clark.

TEGAN

Anna, ich …

ANNA

Mr Carson sagte, er habe auf eigene Faust einen Ermittler engagiert, damit der ein paar Fragen stellt. Er meinte, der Ermittler hätte mit dir gesprochen, und du hättest gewusst, dass Martin eine Verbindung zum Drogengeschäft hatte.

KELLY starrt ihre Schwester an.

KELLY

(in die Kamera)

Ich wusste es. Ich wusste, dass sie uns etwas verheimlicht.

TEGAN

Das habe ich nie gesagt.

ANNA

Der Ermittler hat auch gesagt, du würdest deshalb nicht mit der Polizei kooperieren. Weil du von alldem wusstest und den Täter gesehen hast, aber du seist ein zu großer Feigling, um die Wahrheit zu sagen.

TEGAN

Das ist nicht wahr. Nichts davon ist wahr.

ANNA

Er sagt, wenn Martin und seine Drogenkumpel nicht gewesen wären, wäre Clark noch am Leben. Die Carsons geben Martin auch die Schuld. Alle geben Martin die Schuld.

TEGAN

Ich bin sicher, das stimmt nicht. Bestimmt gibt niemand Martin die Schuld.

ANNA

Ach, wirklich? Und wieso sind die Cops dann heute in der Schule? Wie kommt es, dass sie mit allen sprechen wollen, die Martin kannten?

ANNAS Hände sind zu Fäusten geballt, ihr Gesicht ist zu einer Grimasse verzerrt. Sie spuckt Tegan an und trifft sie mitten im Gesicht.

ANNA (WEITER)

Ich wünschte, Martin hätte dich nie kennengelernt. Ich hoffe, du verrottest in der Hölle.

Sie dreht sich um und geht mit großen Schritten und klappernden Absätzen durch den Korridor, vorbei an einem Pulk von Jugendlichen, die so still stehen, als hätte man sie auf eine Kulisse gemalt. TEGAN fingert in ihren Hosentaschen herum, fördert jedoch nichts zutage. Mit dem Ärmel ihres Sweaters wischt sie sich die Spucke aus dem Gesicht, zieht den Sweater dann aus und stopft ihn in ihr Schließfach. Sie knallt die Tür zu und rennt den Korridor entlang. Kelly beobachtet, wie sie die Tür zur Mädchentoilette aufstößt. Sie blickt den Korridor hinauf und hinunter, in all die Gesichter, die immer noch in die Richtung starren, in die Tegan gelaufen ist.

14

Tegan

Ms Richards, die Schulleiterin, machte während der ersten Stunde eine Durchsage über das Lautsprechersystem: Sie sagte, die Polizei würde sich den ganzen Tag über in der Schule aufhalten. Die Beamten würden gerne mit allen sprechen, die Clark und Martin gekannt hätten. Niemand müsse mit ihnen reden, doch sie sei sicher, wir würden unser Bestmögliches tun, um der Polizei zu helfen, denjenigen zu finden, der das Leben zweier so junger und vielversprechender Menschen auf dem Gewissen hatte. Jeder, der wolle, könne um eine Erlaubnis bitten und ins Büro hinuntergehen, um mit der Polizei zu sprechen. Sie sagte auch, es gäbe ein paar

Jugendliche, mit denen die Polizei von sich aus gerne reden würde. Wieder betonte sie, dass niemand zu einem Gespräch verpflichtet sei und dass jeder, der entschied, etwas zu sagen zu haben, nach einem Elternteil oder einem Erwachsenen verlangen könne. Sollte jemand ein Elternteil bei sich haben wollen und dies am heutigen Tag nicht möglich sein, könnten wir der Polizei unsere Namen und Telefonnummern geben, dann würde ein Termin vereinbart.

In meiner Klasse verlangte Sara Renard nach einer Bescheinigung für das Büro. Sie war zusammen mit Clark in der Schülervertretung gewesen. Keine Ahnung, was sie den Cops erzählen wollte, aber als sie an meinem Tisch vorbeikam, warf sie mir einen scharfen Blick zu, so als wollte sie mich wissen lassen, dass sie im Begriff war, etwas zu tun, was ich nicht getan hatte – nämlich der Polizei alles zu sagen, was sie wusste. In jeder meiner Klassen fragten mindestens zwei Schüler nach einer Bescheinigung. Eine Menge Leute hatten Clark und Martin gekannt. Ich fragte mich, wie viele wohl runter ins Büro gingen und was sie dort erzählten.

Dann, kurz vor dem Mittagessen, stand plötzlich Mrs Esterhazy, die stellvertretende Schulleiterin, in der Tür und sprach mit Mr Vincent, meinem Geschichtslehrer. Neben ihr stand Detective Zorbas. Mr Vincent rief Tim Maxwell auf und bat ihn, nach vorne zu kommen. Er trat nach draußen in den Flur und Mrs Esterhazy schloss die Tür hinter ihm. Zorbas sagte etwas zu Tim. Ich hatte das Gefühl, ohnmächtig zu werden. Das hier wurde schlimmer und schlimmer.

Ungefähr in der Sekunde, in der er den Pausenhof betrat, stürzte ich mich auf Tim Maxwell.

»Was hast du den Cops erzählt?«

»Mann, Tegan, hast du mich erschreckt!« Er warf mir ein nervöses Lächeln zu.

»Du bist ins Büro, um mit den Cops zu sprechen. Was hast du ihnen gesagt?«

Das Lächeln verschwand aus seinem Gesicht. »Das geht dich nichts an.«

»Was soll das heißen, das geht mich nichts an? Ich war dabei, als es passiert ist! Ich habe gesehen, wie sie umgebracht wurden. Hast du eine Ahnung, wie das ist? Da war überall Blut. Clarks Blut. Martins Blut. Man hat ihnen in den Kopf geschossen. Allen beiden. Hast du eine Vorstellung davon, wie das aussieht?«

»Scheiße, beruhig dich.« Tim blickte sich auf dem Schulhof um. Wahrscheinlich wünschte er, irgendjemand wäre in der Nähe, am besten einer seiner Freunde, der ihm aus der Patsche helfen konnte.

»Du bist ins Büro runtergegangen. Es gab etwas, worüber du mit der Polizei sprechen wolltest. Wenn jemand ein Recht darauf hat, zu erfahren, was du ihnen gesagt hast, dann bin ich das.«

Er starrte mich an und wandte schließlich den Blick ab, als versuche er, zu entscheiden, was er tun sollte – mir alles erzählen oder einfach wegrennen.

»Okay, erstens mal bin ich nicht von mir aus runtergegangen«, sagte er. »Ich wurde gerufen. Und die Richards hat die Esterhazy hochgeschickt, damit sie mich nach unten begleitet. Ich hatte keine Wahl.« Er klang verärgert. »Jemand muss mich verpfiffen haben.« Er starrte mir direkt ins Gesicht.

»Ich war's nicht.«

»Aber irgendjemand muss es gewesen sein, denn bevor sie mit der Befragung begonnen haben, haben sie mir meine Rechte vorgelesen und mich gefragt, ob ich meine Eltern anrufen möchte, weil, du weißt schon, wenn ich gewollt hätte, hätte ich ein Recht darauf gehabt, dass sie dabei sind. Ich hab gefragt, was los ist. Sie sagten, es ginge darum, dass Clark und Martin erschossen wurden und dass sie wüssten, dass ich Martin Drogen abgekauft habe. Sie *wussten* es, und das war kein Bluff. Dann haben sie mich noch mal gefragt, ob ich jemanden bei mir haben wollte. Echt, als würde ich meinen Dad anrufen lassen, damit der aus der Arbeit kommt und zuhört, wie ich von den Cops in die Mangel genommen werde, weil ich Martin ein bisschen Gras abgekauft habe. Nein danke. Hast du eine Ahnung, was mein Alter tun würde, wenn er davon wüsste? Und meine Mom …« Er schüttelte den Kopf. »Sie würde es meinem Dad selbst dann noch erzählen, wenn ich sie anflehen würde, es nicht zu tun. Also nein, das Letzte, was ich wollte, war, einen von meinen Eltern hier zu haben. Also haben sie mich unterschreiben lassen, dass ich es abgelehnt habe, jemanden kommen zu lassen. Cops halt, die wollen sich immer absichern.«

»Was hast du ihnen gesagt?«

»Sie sagten, wenn ich kooperiere, würde keine Anklage gegen mich erhoben werden.«

»Anklage gegen dich? Wegen was sollten sie dich denn anklagen?«

»Sie wissen, dass ich ihm Drogen abgekauft habe. Sie könnten mich wegen Drogenbesitzes drankriegen.«

»Das können sie nicht, es sei denn, du trägst Gras mit dir herum und sie finden es.«

»Sie *wussten Bescheid*, Tegan. Sie wussten von meinem Geburtstag. Irgendjemand hat es ihnen gesteckt. Sie hatten einen Zeugen.«

»Was genau hast du ihnen gesagt, Tim?«

»Ich habe ihnen nichts gesagt. Ich habe nur bestätigt, was sie sowieso schon wussten – ich hatte keine Wahl.«

»*Was* hast du bestätigt?«

»Na, dass ich Gras von Martin gekauft habe, wenn ich welches wollte.«

»Hast du das so gesagt? Dass du Drogen von ihm gekauft hast? Oder hast du noch etwas anderes gesagt?«

»Was denn?«

Was denn? So langsam wurde mir schlecht. »Dass Martin kein Drogendealer war, wie wär's damit?«

»Er hat mir das Zeug verkauft, Tegan ... Also eigentlich ...«

»Komm mir nicht mit eigentlich! Hast du ihnen gesagt, dass du Gras kaufen wolltest, weil du Miranda Taschereau nach einem Jahr endlich dazu gebracht hast, mit dir auszugehen, sie jedoch nur zugestimmt hat, weil du beteuert hast, guten Stoff zu haben, was aber gar nicht der Fall war? Dass du Martin anbetteln musstest, dir ein paar Joints zu geben, und er nicht wollte, sodass du ihm irgendwann angeboten hast, was du von Anfang an hättest anbieten sollen, nämlich ihm das Zeug zu bezahlen. Du bist nicht zu ihm, weil er ein Drogendealer war. Du bist zu ihm, weil du wusstest, dass er ein bisschen Hasch hatte und du etwas davon in deine kleinen, schmutzigen Finger kriegen wolltest, damit du bei Miranda punkten konntest, die, ganz nebenbei, wahrscheinlich eine Geschlechtskrankheit hatte.«

Er war rot im Gesicht. Mit versteinerter Miene starrte er mich an.

»*Das* hast du ihnen nicht erzählt, oder?« Ich schrie ihn regelrecht an und packte ihn am Arm.

»Sie haben nach mir schicken lassen. Ich bin nicht freiwillig da runter. Sie haben gesagt, sie wüssten, dass ich Hasch von ihm gekauft habe. Dass sie mir das Leben nicht schwer machen würden, wenn ich mitspiele. Im Grunde genommen wollten sie nur, dass ich ihnen etwas bestätige, was sie schon wussten, nämlich, dass ich die Drogen von ihm hatte. Dann haben sie mich gefragt, ob ich weiß, wo er die Drogen herhatte, von wem er sie bekommen hat, aber ich habe keine Ahnung. Ich habe ihnen erklärt, dass ich Martin nicht danach gefragt habe, und selbst wenn, hätte er es mir wahrscheinlich nicht gesagt.«

»Du hast ihn wie einen Dealer aussehen lassen.«

»Er hatte nun mal das Gras. Das wussten eine Menge Leute. Ich habe ihn nicht dazu gezwungen, es zu kaufen. Ich hatte nichts damit zu tun. Wenn er ein Drogenproblem hatte …«

»Er hatte genauso wenig ein Drogenproblem wie du!«

»Nun, ein gewisses Drogenproblem hatte er schon, wenn sein Lieferant ihn erschossen hat.«

»Was? Hat dir die Polizei das gesagt?«

»Darauf zielen sie ab.«

»Haben sie das gesagt?«

»Ich kann zwischen den Zeilen lesen, Tegan. Martin

und Clark werden erschossen. Martin wird zuerst getroffen, also war ganz offensichtlich er das Ziel. Clark wird getroffen, weil er zur falschen Zeit am falschen Ort war. Du bist nur deshalb noch am Leben, weil dich der Täter aller Wahrscheinlichkeit nach nicht auf dem Rücksitz gesehen hat, was auf das Konto der getönten Scheiben geht, die Clark …«

»Martin war kein Dealer.«

»Die Cops sind nicht blöd. Die wissen, was sie tun. Die wissen alles Mögliche.«

»Du machst es nur noch schlimmer, Tim. Du bringst Schande über Martin. Du machst ihn zu etwas, was er nicht war. Du gibst ihm die Schuld an dem Vorfall.«

»*Ich* bringe Schande über ihn? Du warst dabei, Tegan. Du hast gesehen, was passiert ist. Das hast du mir gerade selbst gesagt. Wenn du nicht so ein Schisser wärst, würdest du der Polizei helfen, den Täter zu schnappen.«

»Ich habe nichts gesehen.«

»Klar. Du warst da hinten auf dem Rücksitz, aber du hast nichts gesehen. Du weißt, um was es da ging, Tegan. Deswegen weigerst du dich auch, etwas zu sagen.«

Ich weigerte mich?

»Typen, die mit Drogen zu tun haben – mit denen willst du dich nicht anlegen. Wenn du einen von denen verpfeifst, bist du tot. Und da hast du den Nerv, mir zu sagen, dass *ich* Schande über Martin bringe?«

Er riss sich los.

»Abgesehen davon bin ich nicht der Einzige, mit dem sie gesprochen haben«, sagte er. »Steve hat auch mit ihnen geredet.«

»Steve? Soll das ein Witz sein? Er hat Steve einen Joint gegeben. *Einen.*«

»Erklär das den Cops. Das sind sture Hunde. Und Drogen sind Drogen. Dem Einzigen, dem man zum Vorwurf machen kann, dass Martin da reingezogen wurde, ist Martin selbst.«

Hast dus gesehn?

Gina schickte mir eine Nachricht und stellte mir noch mal dieselbe Frage wie schon bei der Beerdigung. Zuerst hatte ich vor, ihre Nachricht zu ignorieren. Doch ich wollte morgen nicht noch einmal das Gleiche durchmachen wie heute, und das auch noch die meiste Zeit alleine, zumindest bis zum Mittagessen, als sich meine bescheuerte Schwester endlich dazu herabließ, mit mir zu essen. Ich wusste, dass sie es nur tat, weil sie nicht von Mom angeschrien werden wollte. Aber ich wollte meine Zeit mit jemandem verbringen, der auch wirklich bei mir sein wollte. Ich wollte einen Freund. Ich wollte Gina, selbst wenn es bedeutete, dass ich ihr noch hundert Mal sagen musste, was ich ihr am Tag der Beerdigung schon gesagt hatte. Also:

Was gesehn?, schrieb ich zurück.

Ihre Antwort hatte ich nicht erwartet.

Die Seite.

Was für ne Seite?

Mein Handy klingelte.

»Die Seite, die jemand ins Netz gestellt hat«, sagte Gina atemlos. »Über dich. Über den Vorfall.«

»Hä?«, fragte ich und sprang praktisch quer durchs Zimmer zu meinem Laptop. Sie gab mir die URL und ich tippte sie ein. Geschockt starrte ich auf ein Foto von mir. Auf meiner Stirn stand gedruckt: *Was Tegan gesehen hat.* Ich überflog den Text und die Posts der Leute darunter. Niemand hatte sich mit seinem richtigen Namen eingeloggt, aber alle sagten mehr oder weniger das Gleiche: dass ich gesehen hätte, wer Clark und Martin erschossen hatte, und dass ich mich weigerte, mit der Polizei zu kooperieren, weil ich Angst hätte, dass mir die Gang, die für die Schießerei verantwortlich war, nachstellen und mich umbringen würde.

»Es hat sich wie ein Lauffeuer verbreitet«, sagte Gina. »Ich habe eine Nachricht von Sara bekommen, die es von Britney hatte, die wiederum von Dawn, und Dawn sagt, sie hätte keine Ahnung, wer ihr den Link geschickt hat. Die ganze Schule hat die Seite gesehen.«

Wie sich herausstellte, zog das Ganze noch sehr viel weitere Kreise.

Nachdem ich mein Telefonat mit Gina beendet hatte, läutete es an der Tür. Ich wollte es ignorieren, aber was, wenn es Mom war? Sie klingelte oft, wenn sie spät nach Hause kam, vollbepackt mit Einkaufstüten, Wäsche aus der Reinigung oder mit Arbeit, die sie bis zum nächsten Tag noch fertigstellen musste. Als ich die Eingangstür öffnete, wurde ich von einem grellen Licht geblendet – dem Licht einer Kamera.

»Was hältst du von der ›Was Tegan gesehen hat‹-Seite?«, fragte ein Mann.

Ich hielt mir die Hand vors Gesicht, um mich gegen das Licht abzuschirmen.

»Wer auch immer sie ins Netz gestellt hat, hat keine Ahnung, wovon er redet«, sagte ich.

»Aber du hast gesehen, wie Clark Carson und Martin Genovese erschossen wurden, oder?«, fragte der Mann.

»Ja. Ich meine, ich habe gesehen, was mit ihnen passiert ist, aber nicht ...«

»Die Polizei sagt, die Schüsse seien von der Fahrerseite aus abgefeuert worden. Stimmt das?«

»Ja, aber ...«

»Hast du Angst, du könntest die Nächste sein? Kooperierst du deshalb nicht mit der Polizei?«

»Nein, ich ...«

»Du hast keine Angst, dass dich der Killer aufspüren wird? Dich, die einzige Zeugin der Schießerei?«

»Ich habe nicht gesehen, was passiert ist.«

»Gerade hast du gesagt, du hättest es gesehen.«

»Ich habe gesehen, dass sie erschossen wurden, das ist alles. Ich habe nicht gesehen, wer es war.«

Ich knallte die Tür zu.

Schon gesehn?

Schon wieder Gina, spät in der Nacht.

Was gesehn?

Die Nachrichten.

Jemand hämmerte an meine Zimmertür.

»Teeg, bist du wach?«

Es war Kelly.

»Ich bin am Telefon!«, brüllte ich durch die geschlossene Tür.

»Okay, aber das wird dich interessieren: Du warst gerade in den Nachrichten.«

Ich schickte Gina eine kurze Nachricht – Melde mich später – und rief Kelly zu, sie solle reinkommen.

»Was ist mit den Nachrichten?«, fragte ich.

»Die haben was über dich gebracht. Einen O-Ton von Mr Carson. Und von jemandem von der Polizei. Sie sagten, Mr Genovese hätte für eine Stellungnahme nicht zur Verfügung gestanden.«

»Was haben sie gesagt?«

»Sie haben eine Webseite über dich gezeigt und dann

einen Clip, in dem du sagst, du hättest gesehen, was mit Martin und Clark passiert ist, dann einen, wo du sagst, du hättest es nicht gesehen. Dann kam dieser Bulle ins Bild. Er meinte, solltest du etwas gesehen haben, dann hofft er, dass du mit der Sprache rausrückst, damit sie den Täter schnappen können.«

»Und Mr Carson? Was hat der gesagt?«

»So ziemlich das Gleiche wie die Cops: Du solltest das Richtige tun und mit der Polizei kooperieren. Und dass er dir und Martin vergeben würde, wenn du nur alles sagen würdest, was du weißt, damit Clarks Mörder zur Rechenschaft gezogen werden kann.«

»Er hat gesagt, er würde mir und Martin *vergeben?*« Als hätten wir etwas falsch gemacht. Als wäre Clark der Einzige, den man erschossen hatte – oder der Einzige, der wirklich zählte. »Ich habe dem Reporter gesagt, dass ich nicht gesehen habe, wer das war. Allen habe ich das gesagt. Es kommt mir vor, als könnte ich es von den Dächern schreien, und es würde trotzdem nichts nützen. Niemand glaubt mir.«

»Ich glaube dir«, sagte Kelly.

»Ach ja?«

Prüfend blickte ich ihr ins Gesicht, doch ich konnte nicht sagen, ob es stimmte oder ob sie einfach nur etwas sagte, von dem sie glaubte, dass ich es hören wollte.

Sie ließ sich auf mein Bett sinken.

»Schätze, es muss schrecklich für dich gewesen sein …«

»Du *schätzt?*«

»Du weißt, was ich meine, Teeg. Und du weißt, wie die Leute sind. Da musst du jetzt einfach durch. Keine Ahnung, was du sonst tun könntest.«

Ich spürte, wie sich mein Magen zusammenzog. Am liebsten hätte ich sie und alle anderen angebrüllt. Aber sie hatte recht. Die Menschen glaubten, was sie glauben wollten, und nichts, was ich mir einfallen ließ, würde ihre Meinung ändern können.

Gleich nachdem Kelly gegangen war, rief ich Gina an.

»Bist du okay?«, fragte sie. Sie klang besorgt.

»Ja. Glaub schon.«

»Soll ich morgen früh vorbeikommen und dich abholen? Du weißt schon, damit du nicht allein in die Schule musst?«

Ich wünschte, ich hätte sagen können *Danke, aber es wird schon gehen.* Nur leider war ich mir da ganz und gar nicht sicher. Es war schon schlimm genug gewesen, als Anna Genovese über mich hergefallen war und mir Anschuldigungen ins Gesicht geschrien hatte, sodass die ganze Schule sie hören konnte. Aber diese Webseite war etwas anderes. Jetzt sprachen sehr viel mehr Menschen über mich als nur Anna und sie alle behaupteten das

Gleiche: dass Martin wegen einer Drogengeschichte erschossen worden war und dass ich zu viel Angst hatte, um mit der Sprache rauszurücken und der Polizei zu sagen, wer für den Mord verantwortlich war.

Vor der Schule stand keine wütende Meute. Ginas erleichterter Seufzer war deutlich hörbar.

»Ein paar Kommentare waren ziemlich schlimm«, sagte sie. »Und es gab eine Menge davon, nicht nur von Leuten aus unserer Schule. Ich hatte ein bisschen Angst …«

Wir trotteten zum Vordereingang und in die Schule. Alles wirkte normal.

»Soll ich mit zu deinem Schließfach kommen?«, fragte Gina.

»Nein, alles okay. Ich sehe dich dann in Mathe, okay?«

15

Kelly

INNEN – KORRIDOR IN DER HIGHSCHOOL – TAG

KELLY steht gerade neben dem Schließfach ihrer Freundin Lacey, als die anderen um sie herum plötzlich verstummen. Sie blickt auf die andere Seite des Korridors, wo sich TEGAN ihrem Schließfach nähert. Kelly merkt, dass alle, die gerade noch Gegenstände aus ihren Schließfächern herausgenommen oder in sie hineingelegt haben, reglos dastehen. Keiner blickt Tegan an. Tegan scheint es ebenfalls zu bemerken, das sieht Kelly. Ihre Schwester runzelt die Stirn, schnappt sich ihr Schloss und dreht die

Zahlenscheiben. Während Tegan ein paar Schulbücher und Mappen aus ihrem Schließfach nimmt, die Tür zumacht und sich entfernt, herrscht immer noch vollkommene Stille.

KELLY

Was war das denn?

LACEY knallt ihre Schließfachtür zu. Sie hat nicht mitbekommen, was passiert ist.

LACEY

Hm?

KELLY

Als Tegan vor ihrem Schließfach stand, waren plötzlich alle wie versteinert.

LACEY zuckt nur verwirrt die Schultern.

SCHNITT AUF:

INNEN – KORRIDOR IN DER HIGHSCHOOL – TAG

Der Gong ertönt. Überall auf dem Korridor öffnen sich die Türen der Klassenzimmer. Schüler strömen heraus und gehen schnell von einem Klassenzimmer ins nächste. KELLYS Gesicht taucht in der Menge auf. Sie sucht nach jemandem. Sie nimmt die Person ins Visier und drängt sich durch die Flut von Jugendlichen, die in die entgegengesetzte Richtung strömt. Sie streckt den Arm aus und greift nach jemandem. TEGAN fährt herum, ihr Gesicht wirkt verängstigt und alarmiert.

KELLY

Bist du okay?

TEGAN wendet sich ab. KELLY folgt ihrem Blick. Auf der anderen Seite des Korridors sagt ANNA etwas zu Gina. GINA blickt in Tegans Richtung. ANNA fügt noch etwas hinzu und verschwindet dann wieder in der Menge. GINA sieht sich um und bemerkt die vielen Augenpaare, die sie fixieren. Langsam bahnt sie sich einen Weg zu Tegan und Kelly.

KELLY (WEITER)

Was sollte das? Was hat Anna zu dir gesagt?

GINA

Du bist unsichtbar.

KELLY

Wovon redest du? Was ist hier los, Gina?

GINA

Das hat sie gesagt. Sie meinte: »Sag deiner Freundin Tegan, dass sie unsichtbar ist.«

TEGAN stöhnt und sackt ein wenig in sich zusammen. KELLY blickt ihre Schwester bestürzt an.

TEGAN

Heute in der ersten Stunde hat mich niemand auch nur eines Blickes gewürdigt. Niemand außer Mrs Persaud. Den ganzen Morgen hat mich keiner angeschaut oder mit mir geredet. Es ist, als würde es mich gar nicht geben.

GINA

Anna sagt, das wird so bleiben, bis du das Richtige tust und der Polizei alles schilderst, was du gesehen hast.

TEGAN

(den Tränen nahe)

Ich habe es denen doch schon gesagt – ich habe es allen gesagt – ich weiß nichts.

KELLY

(in die Kamera)

Das ist wie früher im Kindergarten. Gott, ich hasse die Schule.

GINA ist sichtlich erschüttert. Sie sieht aus, als würde sie am liebsten mit noch etwas anderem herausplatzen, aber etwas hält sie davon ab. TEGAN bemerkt es.

TEGAN

Was ist? Hat sie sonst noch was gesagt?

GINA

(schüttelt den Kopf)

Es ist nur ... Eine Menge Leute sind auf ihrer Seite, Teeg. Ich habe sie reden gehört.

KELLY

So? Dann sind sie ein Haufen Idioten.

GINA blickt nur Tegan an.

GINA

Jamie ist auf ihrer Seite.

KELLY

Dann ist Jamie ein Trottel.

GINA

(wütend)

Ist er nicht!

TEGAN

Sie hat es nicht so gemeint, Gina.

KELLY

Doch, das habe ich wohl. Jeder, der …

TEGAN streckt die Hand aus, berührt Kelly am Arm und bringt sie zum Schweigen.

TEGAN

(leise)

Gina und Jamie sind, na ja, so was wie zusammen, weißt du?

TEGAN registriert den traurigen, aber hoffnungsvollen Ausdruck auf Ginas Gesicht.

KELLY

(in die Kamera)

Als ob ich das nicht wüsste. Lieber Himmel, Gina ist quasi schon seit der zweiten Klasse bis über beide Ohren in Jamie Dingwall verknallt. Im Klassenzimmer oder im Schulkorridor hat sie immer nur verdruckst zu ihm rübergeschaut und sich die blödesten Vorwände einfallen lassen, um mit ihm ins Gespräch zu kommen. Okay, vielleicht nicht ganz blöd. Denn letzten Monat hat er tatsächlich angefangen, auch mit ihr zu reden, und sich sogar ein paar Mal mit ihr verabredet. Gina ist überglücklich. Trotzdem, wenn sich ein Typ, an dem *ich* Interesse hätte, meiner besten Freundin gegenüber so kindisch aufführen würde …

GINA

(an Tegan gewandt)

Er sagt, auf keinen Fall könnte jemand, der dort gesessen hat, wo du warst, nichts gesehen haben. Anna meinte, sie hätten entschieden … dass jeder, der mit dir rumhängt, auch unsichtbar ist.

KELLY

Das wird immer lächerlicher. Anna ist doch total bekloppt, Gina.

TEGAN

Auf keinen Fall wird Jamie dich ignorieren. Er mag dich. Und du hast mir doch erzählt, wie gut es zwischen euch läuft.

GINA wirkt nicht sonderlich überzeugt.

TEGAN (WEITER)

Hast du schon mit ihm gesprochen?

GINA schüttelt den Kopf.

TEGAN (WEITER)

Dann rede mit ihm, Gina. Du wirst schon sehen.

KELLY

Ja, rede mit ihm. Und mach Schluss, wenn er sich danach immer noch wie ein Trottel benimmt.

Der Gong ertönt. GINA zögert kurz und entfernt sich dann hastig. KELLY wirft Tegan einen Blick zu.

KELLY

Bist du okay?

TEGAN wirkt völlig niedergeschlagen, doch ihr gelingt ein Lächeln, bevor die beiden sich trennen und jede in ihre Klasse geht.

16

Tegan

Nach der Schule war Gina nicht bei ihrem Schließfach, obwohl wir ausgemacht hatten, uns dort zu treffen und dann gemeinsam nach Hause zu gehen. Ich stand noch ein bisschen herum und wartete, für den Fall, dass sie nach dem Unterricht von irgendetwas aufgehalten worden war. Vor den Schließfächern herrschte ein reges Kommen und Gehen. Niemand sah mich an und niemand sprach mit mir. Ich tat ebenfalls so, als würde ich die anderen nicht bemerken. Doch das tat ich. Ich bemerkte sie, und ich wünschte, nichts von alledem würde passieren. Ich wünschte, Martin und Clark wären noch hier. Dann würden mich die anderen ganz bestimmt wahrnehmen. Alle wollten mit Clark und Martin abhängen.

Nach und nach wurde es stiller im Korridor. Von Gina immer noch keine Spur. Ich machte mich auf den Weg nach Hause.

Ich stand auf der Veranda und wollte gerade die Haustür aufsperren, da entdeckte ich sie neben unserem Haus. Sie winkte mir zu.

»Wo warst du?«, fragte ich.

Sie antwortete nicht.

»Also … komm rein«, sagte ich schließlich.

Sie rührte sich nicht vom Fleck, sondern blieb, wo sie war, und warf einen nervösen Blick auf die andere Straßenseite. Was war los?

»Jetzt komm schon, Gina«, sagte ich ungeduldig. Was wollte sie? Eine gravierte Einladung?

»Komm du her.«

Ich zog den Schlüssel aus dem Schloss und stapfte die Stufen der Veranda hinunter und auf sie zu. Als ich bei der Hausecke war, packte sie mich am Arm und zog mich in den Garten.

»Was ist denn mit dir los?«, fragte ich.

»Nichts.«

»Wo warst du? Du wolltest doch auf mich warten.«

Ihr Blick richtete sich auf den Boden.

»Entschuldige«, murmelte sie. »Jamie hat nach der Schule im Korridor auf mich gewartet. Er hat mich nach Hause begleitet.«

»Währenddessen hab ich an deinem Schließfach gewartet und so getan, als würde ich nicht merken, dass die anderen mich mit voller Absicht ignorieren.«

»Es tut mir leid, Teeg. Du musst mich genau verpasst haben.«

»Mr Ashton war heute krank. Wir hatten frei. Ich habe die letzte Stunde in der Bibliothek verbracht und war noch vor dem letzten Gong an deinem Schließfach. Ich habe eine halbe Stunde auf dich gewartet.«

Eine Nanosekunde lang blickte Gina mich an, bevor sie sich wieder der offenbar überaus faszinierenden Szenerie in unserem Garten zuwandte.

»Oh«, sagte sie. »Ja, also, eigentlich sind Jamie und ich direkt nach dem Unterricht gegangen.«

»Also warst du gar nicht bei deinem Schließfach?«

»Nein, schätze nicht.«

Mein Blick fiel auf ihren vollgestopften Rucksack, den sie über der Schulter trug. Auf keinen Fall hatte sie den durch ihren ganzen Nachmittagsunterricht geschleppt. Ich hatte das Gefühl, mich übergeben zu müssen. Sie musste ihn irgendwo anders versteckt haben – vielleicht in Jamies Schließfach. Und garantiert nur deswegen, weil sie mir aus dem Weg gehen wollte.

»Hast du mit Jamie gesprochen?«, fragte ich.

»Ja. Aber …«, fügte sie schnell hinzu, »nicht über dich. Es … es schien einfach nicht der richtige Moment, weißt du?«

»Aha. Schätze, das erklärt, warum du dich hier versteckst.«

Das ließ sie aufhorchen. Sie blickte zu mir auf.

»Wovon redest du? Wer sagt, dass ich mich verstecke?«

»Tust du das denn nicht? Hast du nicht deshalb neben dem Haus auf mich gewartet, anstatt einfach auf die Veranda zu kommen? Du wolltest nicht, dass Chris dich sieht, oder?« Chris Finney wohnte auf der anderen Seite der Straße. Er war Jamies bester Freund. »Was ist los? Hast du Angst, er könnte Jamie sagen, dass du dich mit dem Feind verbrüderst?«

»Nein!« Es gelang ihr, empört auszusehen.

»Nein?« Ich griff nach ihrer Hand. »Okay, dann setzen wir uns doch auf die Veranda, wo wir ein bisschen Sonne abbekommen.« Ich begann, sie wieder an die Vorderseite unseres Hauses zu ziehen.

»Hey!«, widersetzte sie sich. »Hey, lass mich!«

Ich ließ ihren Arm los, als würde er in Flammen stehen. Ginas Schultern sackten nach vorne.

»Ich wollte mit Jamie reden. Aber es war nicht der richtige Zeitpunkt, Teeg. Auf dem ganzen Heimweg hatte er seinen Arm um mich gelegt. Und ich …«

»Du wolltest dir dein Märchen nicht kaputt machen. Schon kapiert.«

»Ich werde mit ihm reden.«

»Ja, ja.«

»Doch, das werde ich!«

»Klar. Und ich vermute, du wolltest nicht, dass Chris einen falschen Eindruck bekommt und dich mit mir sieht, bevor du Gelegenheit hattest, mit Jamie zu reden, stimmt's?«

»Richtig.« Sie klang erleichtert.

Wen wollte sie hier eigentlich verarschen?

»Sag mir Bescheid, wenn du den Mumm hattest, dich für mich einzusetzen.«

Ich drängte mich an ihr vorbei und sperrte die Hintertür auf.

»Ich sagte, ich werde mit ihm reden!« Jetzt klang Gina ärgerlich, ganz so, als wäre sie das Opfer, als würde ich sie unfair behandeln.

»Wenn es andersherum wäre und du würdest ausgeschlossen werden, würde ich dich unterstützen«, sagte ich. »Das weißt du.«

»Und wenn ich in dem Auto gesessen und gesehen hätte, was du gesehen hast, hätte ich den Cops schon bei der ersten Befragung alles gesagt, was ich weiß. Ich würde nichts verheimlichen, nur weil ich auf eins der Opfer sauer bin.«

17

Kelly

INNEN – KÜCHE DER TYRELLS – TAG

KELLY steht am Spülbecken und lauscht den Stimmen, die von draußen zu ihr hereindringen.

GINAS STIMME

Und wenn ich in dem Auto gesessen und gesehen hätte, was du gesehen hast, hätte ich den Cops schon bei der ersten Befragung alles gesagt, was ich weiß. Ich würde nichts verheimlichen, nur weil ich auf eins der Opfer sauer bin.

KELLY stellt sich auf die Zehenspitzen und beugt sich über die Spüle, sodass sie ihr Ohr fast an das gekippte Fenster legen kann.

TEGANS STIMME

Wovon redest du?

GINAS STIMME

Das weißt du.

TEGANS STIMME

Nein, das weiß ich nicht.

GINAS STIMME

Du warst sauer auf ihn.

KELLY runzelt die Stirn.

KELLY

(in die Kamera)

Sauer auf wen?

TEGANS STIMME

Sauer auf wen?

GINAS STIMME

Auf wen? Auf Martin natürlich. Wegen dem, was ich dir erzählt habe.

KELLY beugt sich noch weiter vor.

TEGANS STIMME

Du hattest unrecht, dass du's nur weißt. Er hat kein Wort über sie verloren. Stattdessen hat er gesagt, dass ich schön bin. Und er hat den Arm um meine Taille gelegt.

GINAS STIMME

Wahrscheinlich musste er erst mal all seinen Mut zusammennehmen, bevor er es dir sagt.

TEGANS STIMME

Das stimmt nicht!

GINAS STIMME

Er hat sich Sorgen gemacht. Das hat er mir erzählt. Aber er meinte, er müsse tun, was er tun müsse – *wegen seinem Herzen*.

KELLY

(immer noch stirnrunzelnd in die Kamera) Wegen seinem Herzen? Was war mit seinem Herzen denn nicht in Ordnung?

TEGANS STIMME

Er hat es dir *erzählt*? Du hast gesagt, du hättest eine Unterhaltung zwischen ihm und Clark mitangehört. Jetzt erklärst du mir plötzlich, er hätte es *dir* erzählt?

GINAS STIMME

Er ist auf mich zugekommen. Er wollte einen Rat.

TEGANS STIMME

Martin wollte *deinen* Rat? Wegen *mir?*

GINAS STIMME

Er mochte dich, Tegan. Er wollte deine Gefühle nicht verletzen. Und er wollte nicht, dass du auf Kelly sauer bist.

TEGANS STIMME

Du weißt doch gar nicht, wovon du redest! Er war nicht an Kelly interessiert, nicht so, wie du denkst. Und ich weigere mich nicht, mit der Polizei zu kooperieren. Und jetzt verschwinde aus meinem Garten!

KELLY schaut aus dem Fenster. Ein paar Augenblicke später dreht sich ein Schlüssel im Schloss. KELLY entfernt sich vom Fenster und geht zur Küchentür. Von der Position aus sieht sie, wie TEGAN ins Haus kommt und ihren Rucksack auf den Boden schleudert.

KELLY

Du hast mich angelogen.

TEGAN blickt ihre Schwester kaum an. Sie geht in Richtung Treppe. KELLY rennt ihr hinterher und packt sie am Arm.

KELLY (WEITER)

Du hast mich angelogen. Du hast gesagt, Martin sei mit dir zusammen.

TEGAN befreit sich mit einem Ruck aus Kellys Griff.

TEGAN

Würdest du mich bitte in Ruhe lassen? Mein Tag war schon scheiße genug.

KELLY

Er war nicht mit dir zusammen. Ich habe gehört, was Gina gesagt hat. Er war nicht an dir interessiert, sondern an mir. Er wollte mit mir zusammen sein.

TEGAN blickt ihre Schwester mit steinerner Miene an.

KELLY (WEITER)

Du wusstest es. Du wusstest es, hast aber so getan, als hättest du keinen Schimmer.

(blickt forschend ins Gesicht ihrer Schwester)

Hat Gina recht? Hast du der Polizei deshalb nichts erzählt? Weil du böse auf Martin warst? Und auf mich?

TEGAN

Martin hat dich mir gegenüber nie erwähnt. Ich habe keine Ahnung, was er wirklich wollte. Ich glaube nicht mal, dass *er* wusste, was er wirklich wollte. Er hat sich in letzter Zeit ziemlich verändert.

KELLY

(in die Kamera)

Zum Positiven.

TEGAN

Selbst wenn er vorhatte, dich zu daten, ändert das nichts. Ich habe nicht gesehen, wer ihn erschossen hat. Wenn ich es gesehen hätte, hätte ich …

KELLY wendet ihrer Schwester den Rücken zu.

TEGAN (WEITER)

Kelly, ich …

KELLY

Ich kann dich weder sehen noch hören.

TEGANS Blick bleibt einen Moment starr auf den Rücken ihrer Schwester gerichtet. Dann sprintet sie die Treppe hoch. Im oberen Stockwerk hört man eine Tür knallen.

18

Tegan

Immer und immer wieder sagte ich mir, dass ich mich vom Internet fernhalten sollte. Ich wusste ja sowieso schon, was die Leute sagten. Und ich hatte am eigenen Leib erfahren, wie sie mich behandelten – meine beste Freundin und meine eigene Schwester eingeschlossen. Warum sollte ich mir das noch weiter antun?

Vielleicht hatte jemand einen positiven Kommentar gepostet. Vielleicht gab es jemanden, dem es gelang, die Sache aus meiner Perspektive zu sehen. Vielleicht verteidigte mich zur Abwechslung sogar mal jemand. Ich bin mir nicht sicher, ob ich das wirklich glaubte, aber zumindest redete ich es mir ein, als ich ins Internet und auf die »Was Tegan gesehen hat«-Seite ging.

Da waren eine Menge neuer Nachrichten von überall her – Nachrichten aus anderen Städten, anderen Bundesstaaten, ja sogar aus anderen Ländern. Manche erzählten von ähnlichen Fällen. Ziemlich gruselig, zu lesen, wie viele Menschen in ihren Autos erschossen worden waren. In einigen der Fälle gab es sogenannte Zeugen, die man aus irgendeinem Grund am Leben gelassen hatte und die entweder mit der Polizei kooperierten oder sich weigerten. In einem Fall beging der Zeuge Selbstmord, was der Verfasser der Nachricht total feige fand. »Anstatt dafür zu sorgen, dass sich der Killer vor Gericht verantworten muss, hat dieser Volltrottel ihm direkt in die Hände gespielt.«

Eine andere Nachricht traf mich wie ein Schlag in die Magengrube: *50 000 Dollar Belohnung für jede Information, die zur Festnahme und Verurteilung der Person oder der Personen führt, die für Martin Genoveses Tod verantwortlich ist/sind.* Die Nachricht besagte, es würden keine Fragen gestellt, keine Namen erfasst und keine Verhöre durchgeführt. Man solle sich einfach nur über das Hinweistelefon der Polizei melden, dann würde man eine spezielle Kennnummer bekommen, und wenn alles vorbei war, könne man sich das Geld abholen.

Die Belohnung war von der Genovese-Familie ausgesetzt worden. Die Nachricht endete mit den Worten: *Wir beten, dass jeder, der über Informationen verfügt, die der Polizei weiterhelfen könnten, seine Seele prüfe und das Richtige tue.*

Es klang, als würden auf den Schultern dieser Person, die »über Informationen verfügte«, ein Teufel und ein Engel sitzen. Ersterer schien *der Person* (als wüsste nicht jeder genau, wen die Genoveses meinten) einzuflüstern, sie solle die Klappe halten und ihre Haut retten, da sowieso nichts, was sie sagte, die Jungs wieder zum Leben erwecken konnte. Der Engel hingegen schien darauf zu bestehen, dass Tugend sich selbst Lohn genug sei und *die Person* sich erheben, die Wahrheit sagen und darauf vertrauen solle, dass sie beschützt würde.

Ich saß vor meinem Laptop, aktualisierte die Seite hin und wieder und las neue Einträge – viele davon zynisch –, die unter anderem die Frage aufwarfen, was schlimmer war: den Mund zu halten und einen Mörder davonkommen zu lassen oder eine dicke Belohnung zu kassieren, weil man etwas getan hatte, was jeder mit ein bisschen Selbstachtung sofort getan hätte, einfach, weil es richtig war.

Als ich mich der Baustelle näherte, wo früher mal eine Autofabrik gestanden hatte, zitterten mir die Knie. Die

Fabrik war abgerissen und das Gebiet planiert worden. Eine neue Wohnsiedlung der Firma *Genovese Construction* sollte hier errichtet werden. An einigen Stellen klafften riesige Löcher im Boden, an anderen hatte man bereits die Betonfundamente gegossen. Hier und da standen hölzerne Bauteile herum. 160 Wohngebäude sollten hier entstehen, alle riesig. »Mit diesem Projekt wird mein Dad einen gigantischen Reibach machen«, hatte Martin gesagt.

Zweimal war ich bislang auf der Baustelle gewesen, beide Male mit Martin, als dieser kurz bei seinem Dad vorbeimusste, um ihn um Kohle zu bitten. Ich hatte mich nie erkundigt, wofür er das Geld brauchte, doch jetzt konnte ich nicht umhin, mich genau das zu fragen. Ich stand auf der gegenüberliegenden Straßenseite und blickte suchend über die Baustelle, bis ich Mr Genovese vor einem der Holzfertighäuser entdeckte. Er sprach mit ein paar Typen in Jeans, Arbeitsstiefeln und Bauhelmen. Ich beobachtete ihn. Mein Herz hämmerte in meiner Brust. Endlich wandte er sich um, lief zu einem Bauwagen am Rand des Geländes und ging hinein.

Ich wartete einen Moment, um zu sehen, ob ihm jemand folgte. Doch nichts geschah. Zögernd ging ich auf den Bauwagen zu. »Herein!«, rief Mr Genovese, als ich anklopfte.

Ich drückte die Tür auf. Mr Genovese saß an einem

Schreibtisch in der Ecke und stand sofort auf, als er mich sah. Ich weiß nicht, was er wirklich von mir hielt – nichts Gutes, wenn man Anna glauben durfte –, doch seine Augen leuchteten auf, und er kam auf mich zu, als wolle er mich umarmen.

»Du hast eine Entscheidung getroffen«, sagte er. Es war keine Frage. Er gab mir zu verstehen, dass er wusste, weshalb ich hier war, und sich darüber freute. In seiner Stimme lag keine Geringschätzung, nichts, weswegen ich mir lumpig hätte vorkommen müssen, weil ich ihn erst jetzt aufgesucht hatte, nachdem er die große Belohnung ausgesetzt hatte. »Du tust das Richtige«, sagte er.

»Mr Genovese, ich musste kommen. Ich will sicherstellen, dass Sie ein für alle Mal Bescheid wissen. Wenn ich etwas – irgendetwas – gesehen hätte, was der Polizei hätte weiterhelfen können, hätte ich es den Beamten gesagt. Ich habe Martin gelie… Er war mir wichtig. Sehr. Er war mein Freund. Und Clark auch. Aber ich habe nichts gesehen.«

Die Freude verschwand aus seinem Gesicht.

»Aber du warst dabei«, sagte er. »Die Polizei glaubt, dass du Glück hattest – der Täter hat dich aufgrund der getönten Scheiben nicht gesehen. Ich kenne diese Fenster. Es ist schwer, ins Innere des Wagens zu gucken, aber du kannst rausschauen. Es sei denn natürlich, du hattest die Augen zu …«

»Sie waren weit offen.« Ich wünschte, das wären sie nicht gewesen. Ich wünschte, ich hätte die Überraschung auf Martins Gesicht nicht gesehen, nicht gesehen, wie er seinen letzten Atemzug tat.

»Dann weißt du, wer es war.«

Ich schüttelte den Kopf. »Es tut mir leid.«

»Vielleicht standest du unter Schock. Ach, was rede ich? *Natürlich* hattest du einen Schock! Ich habe mit ein paar Bekannten gesprochen. Sie meinen, wenn du es mit Hypnose probierst, würdest du dich vielleicht an etwas erinnern.«

»Sie haben mich nicht verstanden, Mr Genovese.« Ich wünschte, ich wäre nie gekommen. Aber er war Martins Dad. Ich durfte nicht zulassen, dass er sich falsche Hoffnungen machte und glaubte, ich wäre irgendwann in der Lage, ihm zu helfen. »Ich habe Martin angeschaut, als es passiert ist. Es geschah alles so plötzlich. In einem Moment hat er sich noch zu mir umgedreht und mich angelächelt.« Mich angelächelt und mir das Gefühl gegeben, das einzige Mädchen auf der Welt für ihn zu sein. Und ich war gewillt, wenn nicht gar erpicht darauf, es zu glauben, auch wenn ich wusste, dass es nicht stimmte. »Und im nächsten …« Im nächsten Moment war ich nicht mal sicher, was ich da vor mir sah. Einen gedrehten Kopf, ein überraschtes Gesicht, Blut. Martin, der vornübergesackt war, die Rückseite seines

Kopfes, der nicht mehr wie ein Kopf aussah, sondern eher wie eine zermanschte Melone. Und noch mehr Blut …

»Ich konnte nicht glauben, was passiert war. Es war, als befände ich mich in einer Art Albtraum. Ich wollte die Augen schließen und das alles verschwinden lassen, aber ich konnte den Blick nicht von ihm abwenden. Ich habe ihn die ganze Zeit angeschaut, Mr Genovese. Ich habe Martin angeschaut. Und ich habe den Kopf erst umgewandt, als es schon zu spät war.« Auch Clark hatte ich erst sehr viel später angesehen. »Es tut mir leid, Mr Genovese. Es hat keinen Sinn, mich zu hypnotisieren. Ich weiß nicht, wer es war.«

Er ragte über mir auf. Er war groß, genau wie Martin, und kräftig gebaut. Er sah aus, als könnte er die Arbeiten seiner Bautruppe auch selbst verrichten, und wenn es eng wurde und die Abnahme näher rückte, sprang er wahrscheinlich wirklich ein. Ich sah, wie sich seine Armmuskeln anspannten, als er die Hände zu Fäusten ballte.

»Es gibt eine Belohnung«, sagte er. »50 000.«

»Ich weiß.«

»Das ist viel Geld. Damit hättest du deine Studiengebühren zusammen.«

»Ich wünschte, ich könnte Ihnen helfen, aber ich kann es nicht.«

»Ich mache 100 000 daraus.«

»Mr Genovese …«

»150. Du warst da. Du warst mit ihm im Auto. Du hast meinen Jungen sterben sehen. Wenn du Angst hast, dann verstehe ich das. Wenn er noch am Leben wäre, hätte Marty wahrscheinlich auch Angst. Aber er würde das Richtige tun. Er würde freiwillig aussagen.«

»Es tut mir leid.«

Ich drehte mich um und öffnete die Tür des Bauwagens.

»200 000!«

Ich trat nach draußen. Er erschien in der Tür hinter mir.

»Nenn mir deinen Preis!«, rief er mir hinterher, während ich die Stufen hinuntersprintete. »Sag mir, was du willst! Alles!«

Ich rannte und rannte, bis ich außer Sichtweite der künftigen Wohnsiedlung war. Zu Hause schaltete ich das WLAN aus. Ich wollte nicht mehr wissen, was die Leute sagten. Ich wollte überhaupt nichts mehr wissen.

19

Kelly

AUSSEN – GEHWEG VOR DER HIGHSCHOOL – TAG

KELLY steht mit LACEY auf dem Gehweg. Jugendliche strömen aus der Schule. Der Unterricht ist für heute beendet.

LACEY

Ich an ihrer Stelle wäre längst eingeknickt. Kennst du Carly Jessup und Andrea Cornish?

KELLY

Klar. Die sind ziemlich eng mit Anna Genovese.

LACEY

Ja, und sie planen, Tegan für den Rest des Jahres zu ignorieren. Du weißt ja, wie beliebt Clark und Martin waren – vor allem Martin. Die anderen werden ihr nie verzeihen, was sie da tut.

KELLY

Was, wenn sie die Wahrheit sagt? Was, wenn sie *wirklich* nichts gesehen hat?

LACEY

Glaubst du das?

KELLY

Ich weiß nicht, was ich glauben soll.

(in die Kamera)

Sie ist meine Schwester, ich sollte sie verteidigen. Aber ihr wisst ja, wie das ist: Wenn man jemanden ziemlich gut kennt, dann ist man manchmal erst recht misstrauisch. Denn je vertrauter einem jemand ist, desto besser weiß man natürlich, dass dieser Jemand kein Heiliger ist. Tegan ist kein schlechter Mensch. Aber ein bisschen egozentrisch. Ach, was sage ich? Total egozentrisch. Und wenn es sein muss, ziemlich rachsüchtig. Sie hat Martin vergöttert und permanent über ihn geredet. Sie wollte unbedingt mit ihm ausgehen – doch wie sich herausstellte, hat er sie nur als Kumpel gesehen. Er war mehr an mir interessiert. Ich kann mir vorstellen, dass Tegan deswegen ziemlich wütend war. Ich sage das nur sehr ungern, aber es stimmt. Und ich kann mir auch vorstellen, dass sie ihre Wut an Martin – und an mir – auslassen würde, indem sie verschweigt, was sie gesehen hat. Es ist schrecklich, so etwas über die eigene Schwester sagen zu müssen, aber so empfinde ich nun mal.

LACEY

Oh-oh.

LACEY deutet nach vorne und KELLY dreht sich um. Sie sieht, wie sich ANNA von einer Gruppe Mädchen entfernt und auf sie zukommt. KELLY stöhnt.

KELLY

Was ist jetzt wieder?

ANNA

Deine Schwester hat heute früh meinen Dad besucht.

KELLY wirkt überrascht, auch wenn sie versucht, es nicht zu zeigen.

KELLY

Und?

ANNA

Mein Dad hat eine Belohnung für jede Information ausgesetzt, die zur Verhaftung von Martins Mörder führt.

KELLY

Das habe ich gehört.

ANNA

Deine Schwester ist zu ihm gegangen und hat gesagt, sie könne ihm nicht helfen.

KELLY

Und was hat das mit mir zu tun?

ANNA

Du hast in ein paar Tagen Geburtstag, oder?

KELLY

Ja, und?

ANNA

Martin wollte mit dir ausgehen. Er mochte dich wirklich.

Kelly

(blickt unbehaglich drein)

Das hat er mir so nie gesagt.

ANNA

Du mochtest ihn auch, oder?

KELLY nickt.

ANNA (WEITER)

Sehr?

KELLY

(leise)

Ja.

ANNA greift in ihre Hosentasche und zieht ein schmales Kästchen hervor.

ANNA

Ich war mit Martin shoppen, bevor er gestorben ist. Er wollte dir etwas zum Geburtstag besorgen. Er hat mich gebeten, mitzukommen, weil er dir das perfekte Geschenk machen wollte. Aber er hat auf keinen meiner Vorschläge gehört. Am Ende hat er dir das hier gekauft.

ANNA gibt KELLY das Kästchen, die es mit zitternden Fingern öffnet. Auf der baumwollenen Polsterung liegt ein zartes Kettchen mit einem kleinen goldenen Anhänger – einem Delfin. KELLY lächelt.

ANNA (WEITER)

Weil du Schwimmerin bist, hat er gesagt. Eine sehr gute.

KELLY

Es ist perfekt.

Einen Moment lang starrt KELLY das Kästchen

an, dann klappt sie den Deckel zu und hält es Anna hin. Doch ANNA schüttelt den Kopf.

ANNA

Er hat es für dich gekauft.

KELLY zögert. Schließlich lässt sie die kleine Schatulle in ihre Hosentasche gleiten.

ANNA (WEITER)

Deine Schwester lässt Martins Mörder davonkommen.

KELLY

Vielleicht sagt sie ja die Wahrheit. Vielleicht hat sie wirklich nichts gesehen.

ANNA

Vielleicht? Klingt, als würdest du ihr genauso wenig glauben wie ich.

KELLY mustert Anna misstrauisch. Sie ist hin- und hergerissen zwischen dem Impuls, ihr zu vertrauen, und dem Wunsch, ihrer Schwester zu helfen, egal wie wenig sie diese Hilfe auch verdient haben mag.

ANNA (WEITER)

Sie wusste, was Martin für dich empfindet.

KELLY

Und?

ANNA

Hat sie es dir gesagt?

KELLY antwortet nicht.

ANNA (WEITER)

Dachte ich mir.

KELLY

Nur weil sie möglicherweise sauer auf Martin war, heißt das nicht, dass sie seinen Mörder entwischen lassen würde.

ANNA

Was, wenn sie wüsste, dass das alles ihre Schuld ist? Wenn sie wüsste, wer es war, und nun schreckliche Angst hätte, als Nächste dran zu sein, wenn sie den Mund aufmacht?

KELLY

Wieso ihre Schuld? Was meinst du damit?

ANNA wirft Lacey einen Seitenblick zu. Dann schleift sie Kelly ein paar Schritte den Block hinunter, wo niemand sie hören kann.

ANNA

(mit gesenkter Stimme)

Ich weiß, dass Martin Gras geraucht hat.

KELLY

Das weiß ich. Und ich weiß auch, dass du wusstest, dass er deswegen verhaftet worden ist.

ANNA ist sprachlos.

KELLY (WEITER)

Aber du hast Tegan das Leben schwer gemacht, weil die Cops zu euch nach Hause gekommen sind und deinen Eltern genau das erzählt haben. Du hast so getan, als sei das alles eine riesige Lüge.

ANNA

Wusste deine Mutter, dass Tegan Hasch genommen hat?

KELLY

(widerstrebend)

Nein.

ANNA

Meine Eltern waren am Boden zerstört, als die Polizei bei uns zu Hause aufgetaucht ist und gesagt hat, dass Martin erschossen wurde. Erschossen! Wer erschießt denn bitte andere Menschen? Und was für Menschen werden erschossen?

KELLY

(in die Kamera)

Gangster erschießen Menschen. Und die meisten, die erschossen werden, führen ein – wie die Polizei es ausdrückt – »Leben mit hohem Risiko«. Oder weniger amtlich ausgedrückt: Wenn du mit Leuten rumhängst, die Pistolen haben, musst du dich nicht wundern, wenn dich einer von ihnen eines Tages abknallt.

ANNA

Es hat ihm einfach Spaß gemacht, ab und an mal zu kiffen. Ist das ein Verbrechen? Okay, in gewissem Sinne ist es das vielleicht. Aber dieses ganze Getue von wegen dealen … Ja, okay, Martin hat manchmal ein bisschen mehr gekauft, als er für sich gebraucht hätte. Aber doch nur, weil die Leute ihm permanent in den Ohren gelegen haben! Sie wussten, dass er wusste, bei wem er sich das Gras beschaffen kann. Aber als er verhaftet wurde … da hat er alles gemacht, was man von ihm verlangt hat. Er hat an einem Programm teilgenommen. Ist von dem Zeug losgekommen. Und das war nicht einfach, musst du wissen. Die anderen, die daran gewöhnt waren, dass er immer etwas dabei hatte, haben ihm ganz schön zugesetzt. Deine Schwester zum Beispiel. Aber er hat wirklich versucht, sein Versprechen zu halten. Er wollte dich nicht enttäuschen.

Perplex starrt KELLY sie an.

ANNA (WEITER)

Ich habe ihm natürlich auch gesagt, dass er sich von dem Zeug fernhalten soll, aber deine

Worte haben ihm mehr bedeutet. Ich glaube, er war erleichtert, jemanden wie dich in seinem Leben zu haben. Das hat ihn motiviert. Er brauchte einen Grund, Nein zu sagen, wenn ihn seine Freunde unter Druck setzten. Und abgesehen davon, glaube ich, hat er Angst bekommen.

KELLY

Wie meinst du das?

ANNA

Als er verhaftet wurde, hat die Polizei versucht, ihn einzuschüchtern. Die Beamten sagten, in der Drogenszene würde es gerade ziemlich heftig zugehen. Neue Leute würden dort ihr Unwesen treiben. Aber ich glaube, das wusste er schon. Er hat mir erzählt, dass der neue Typ, bei dem er das Zeug gekauft hat, ihm Angst machte. Er meinte, manchmal würde er sich fragen, ob es das alles wert sei. Aber er hatte nun mal all diese Freunde und er war *ihre* Verbindung. Nur deswegen hat er nicht schon früher aufgehört. Er brauchte dich an seiner Seite, Kelly. Er brauchte jemanden, der an ihn glaubte und ihn unterstützte.

KELLY

Weißt du, wer sein Kontaktmann war?

ANNA schüttelt den Kopf.

KELLY (WEITER)

Und hast du all das auch der Polizei gesagt?

ANNA

Ja.

(zögert einen Moment)

Er hatte das alles hinter sich gelassen. Aber dann begann Tegan, ihn zu nerven.

KELLY

Inwiefern?

ANNA

Sie hat ihn bestimmt ein Dutzend Mal angerufen. Das hat er mir erzählt. Immerzu hat sie gesagt: »Nur noch einmal.« Noch ein Mal. Martin ist ein guter Mensch – *war* ein guter Mensch. Und zu nett, wenn du mich fragst. Er hat zu angestrengt versucht, es allen recht zu machen.

KELLY

Willst du damit sagen, dass er wegen Tegan ermordet wurde?

ANNA

Denk doch mal nach. Die Polizei findet niemanden, der ein Motiv hatte, um Martin zu erschießen – außer seiner Drogen-Connection. Aber die hätte er gar nicht mehr gehabt, wenn deine Schwester nicht gewesen wäre. Und wer weiß, was in jener Nacht wirklich passiert ist? Wer weiß, ob alles so gelaufen ist, wie sie gesagt hat? Sie war die einzige Zeugin. Eine Menge Dinge könnten geschehen sein, aber das wird nie jemand erfahren, es sei denn, sie entschließt sich, mit der Polizei zu kooperieren.

KELLY ist still. Sie wirkt bestürzt, so als könne sie diese Information nicht recht verarbeiten.

ANNA (WEITER)

Du musst mir helfen, Kelly. Du musst den Druck auf sie erhöhen. Du musst ihr sagen, dass du weißt, dass sie diejenige war, die

Martin in jener Nacht dazu gedrängt hat, Drogen zu kaufen. Du musst ihr klarmachen, dass sich nichts ändern wird, bis sie nicht das Richtige tut. Du kannst Martins Mörder nicht davonkommen lassen. Das kannst du einfach nicht tun.

20

Tegan

Das einzig Gute an einem Scheißtag: Man kann sich einreden, dass es nicht mehr schlimmer kommen kann, und in 98 von 100 Fällen stimmt das auch. Die anderen zwei Mal? Tja, mein Scheißtag hat sich folgendermaßen entwickelt:

Nach dem Besuch bei Mr Genovese bin ich in die Schule gegangen, wo mich außer den Lehrern niemand auch nur eines Blickes gewürdigt, geschweige denn mit mir gesprochen hat. Und die ganze Zeit konnte ich nicht aufhören, über die Leute nachzudenken, die ihre Kommentare auf der Webseite gepostet hatten. Leute, die mich nicht mal kannten und trotzdem dachten, ich sei die niedrigste Lebensform auf diesem Planeten, ein Feigling, der sich weigerte, den Tod seiner Freunde zu rächen. Nach der ersten Stunde lief ich mit gesenktem Blick durch die Gegend. Weshalb die Leute anschauen, wenn sie sowieso nur wegguckten? Ich starrte auf meine Zehen, ich starrte auf den Boden, ich starrte auf mein Pult, ich starrte auf meine Schulbücher und auf meine Hefte. Gerade konzentrierte ich mich auf die ineinandergreifenden Steinblöcke des breiten Gehwegs vor der Schule, als zwei spiegelblank polierte Schuhe in meinem Blickfeld auftauchten.

»Tegan?«

In diesem Moment wurde mein Tag zu einem der anderen zwei Fälle – nämlich noch beschissener.

Es war Mr Deacon. Sein Lächeln wirkte wie ein Muskelkrampf, nicht wie etwas Geplantes, sondern eher wie ein Versehen. Echtes Gefühl lag nicht dahinter, das konnte ich sehen.

»Ich würde dir gerne eine Limo spendieren«, sagte er mit einer Stimme so glatt wie eine frisch geteerte Straße. Glaubte er, dass ich hirntot war? Das letzte Mal, als ich ihm begegnet war, hatte er mich quasi beschuldigt, mit dem Killer unter einer Decke zu stecken.

»Nein, danke.« Ich versuchte nicht mal, höflich zu klingen. Warum sollte ich auch? Ich wollte um ihn herumgehen, doch er stellte sich mir in den Weg.

»Bitte. Hier drüben gibt es ein kleines Café.« Er deutete auf die andere Straßenseite gegenüber der Schule.

»Das hasse ich«, sagte ich. In diesem Moment hasste ich es wirklich. Martin liebte den Milchkaffee dort. Er hatte sich immer eine riesige Tasse bestellt. In letzter Zeit war ich öfter mitgegangen. Doch nicht nur wegen der Erinnerung an ihn wollte ich nie wieder dorthin. In dem Café hingen immer auch Leute aus meiner Schule herum.

»Dann zeig mir ein anderes Lokal«, sagte Mr Deacon. »Es ist wichtig, Tegan. Wir müssen reden.«

»Über was?«

»Ich dachte, du hättest gerne ein Update bezüglich der neuesten Entwicklungen.«

Ein Update?

Ich blickte mich um.

»Wie wär's da drüben?« Ich nickte in Richtung einer billigen Fressbude mit schmuddeligen Fenstern. Dort bestand keine Gefahr, dass ich jemandem aus der Schule in die Arme lief.

Er starrte die Bude an. Ich war mir sicher, dass er ablehnen würde, und dann würden wir weiter verhandeln müssen. Was auch immer er für Neuigkeiten hatte, ich wollte sie hören, doch ich wollte nicht mehr Zeit mit ihm verbringen als unbedingt nötig. Abgesehen davon konnte ich immer noch Detective Zorbas fragen, sofern es wirklich etwas Neues gab.

Doch er lehnte nicht ab, sondern nickte, und wir gingen über die Straße. Als wir bei der Tür waren, hatte er sein Handy hervorgeholt.

»Tut mir leid«, sagte er. »Da muss ich rangehen. Ich komme gleich nach.«

Ich hatte sein Handy nicht klingeln gehört, also musste er es wohl auf Vibrationsalarm gestellt haben. Ich drückte die Tür auf und betrat abgetretenes, rissiges Linoleum. Das Lokal sah nicht sonderlich einladend aus. Die Tische hatten keine Tischdecken, die Stühle passten nicht zueinander, und die Gerichte auf der Speisekarte standen als verblasste Kunstwerke an der Kasse auf einem Plastikschild, das von hinten angestrahlt wurde. Ein paar ältere, über Bierflaschen gebeugte Herren im hinteren Teil des Lokals waren die einzigen Gäste. Ich wählte einen Tisch, der so weit wie möglich von den Fenstern und den Biertrinkern entfernt war, und wartete auf Mr Deacon.

Einen Augenblick später trat er durch die Tür und sah sich mit der Neugier eines Anthropologen um. Ich bestellte einen Tee. Er tat es mir gleich, und so saßen wir stumm beieinander, bis uns zwei kleine, metallene Teekannen gebracht wurden, die tropften, wenn man versuchte, sich etwas einzuschenken.

»Also?«, fragte ich, als er immer noch nichts gesagt hatte.

Die Tür zum Restaurant öffnete sich und er drehte sich um. Ein Mann und eine Frau kamen herein. Die beiden blieben stehen und sahen sich mit offenem Mund um, bis sie Mr Deacon entdeckten. Die Nase der Frau kräuselte sich missbilligend.

»Auf keinen Fall«, sagte ich und stand auf.

Mr Deacon packte mich am Handgelenk und hielt mich fest.

»Tut mir leid«, sagte er. »Aber ich wusste, dass du dem Gespräch nicht zustimmen würdest, wenn du wüsstest, dass sie dabei sein würden.«

»Da hatten Sie ganz recht.« Ich versuchte, mich loszureißen, aber sein Griff war zu fest.

»Du schuldest ihnen ein Gespräch, Tegan.«

Mrs Carson schlüpfte mit der Hand durch die Armbeuge ihres Mannes. Er führte sie zu unserem Tisch, zog einen Stuhl für sie hervor und wischte ihn mit einem Taschentuch ab, das er aus seiner Hosentasche zutage gefördert hatte. Vorsichtig setzte sie sich ganz nach vorne an den Rand. Eine Kellnerin tauchte auf, doch Mrs Carson verscheuchte sie mit einer unwirschen Geste und ohne ein Wort an sie zu richten. Auf keinen Fall würde sie in diesem Laden etwas anrühren.

Mr Carson fixierte mich mit durchdringenden grauen Augen, die genauso aussahen wie die von Clark.

»Ich werde gleich zum Punkt kommen«, sagte er. »Ich bin nicht hier, um dir eine Belohnung anzubieten. Manch einer mag Bestechung für ein adäquates Mittel halten, um die Leute zu etwas zu bringen, was sie von Anfang an hätten tun sollen, aber ich nicht. Ich bin hier, um Klartext zu sprechen. Du hast den Mord an meinem Sohn miterlebt. Und obwohl du nur ein paar Zentimeter von seinem Mörder entfernt gewesen sein kannst, bestehst du darauf, nichts gesehen zu haben. Wenn es nach mir ginge, würde man dich wegen Behinderung der Justiz anklagen, aber das scheint ja keine Option zu sein. Also werde ich dir die Fakten darlegen. Fakt Nummer eins: Mein Sohn hat keine Drogen genommen.«

Ich öffnete den Mund, um etwas zu sagen, doch er schnitt mir das Wort ab.

»Ja, ich weiß, einmal ist er unter Einfluss dieses Zeugs nach Hause gekommen«, sagte er. »Er hat experimentiert. Alle jungen Leute experimentieren. Aber das war es auch schon. Danach ist es nie wieder vorgekommen.«

So wie Clark es damals erzählt hatte, hatten ihn seine Eltern eine geschlagene Stunde lang angeschrien – wegen dem, was mit seinem Bruder Scott passiert war. Scott hatte auch mit Drogen experimentiert, nur dass dieses Experiment mehr oder weniger zu einem Dauerzustand geworden war und zusammen mit seinem teuren Auto zu einem Crash und einer Rückenmarksverletzung geführt hatte. Scott würde nie wieder laufen können. Und er sprach auch nicht mehr besonders gut.

Als Clark also albern kichernd und nach Marihuana riechend nach Hause gekommen war, hatte Mr Carson ihm den Umgang mit Martin verboten. Die beiden hatten einen schlimmen Streit gehabt. Dann hatte Mr Carson die schweren Geschütze aufgefahren: Er hatte Clark gedroht, ihn zu enterben, sollte er jemals wieder irgendwelche Drogen anrühren. Es muss ziemlich anstrengend mit ihm gewesen sein. Bestimmt war er einer von denen, die nie eine Drohung aussprachen, ohne sie auch wahr zu machen, denn Clark gab nach. Er meinte, der Stoff sei es nicht wert, beim Heimkommen jedes Mal einen Schnüffeltest bestehen zu müssen. Im Gegenzug gab sein Vater nach, was Martin betraf. Keiner seiner Eltern mochte Martin, doch Clark hörte nie auf, sein Freund zu sein. Stattdessen hörte er auf, Drogen zu nehmen – wobei das seinem Partyleben nicht schadete, denn Alkohol war eine ganz andere Geschichte. Mr Carson hatte nichts gegen Alkohol. Seiner Ansicht nach tranken Jugendliche sowieso, also konnten sie es genauso gut auch zu Hause tun. Er ging davon aus, dass dies zu »verantwortungsbewusstem Umgang mit Alkohol« führen würde. Clarks Eltern schimpften mit ihm, wenn er betrunken war, doch das war kein Vergleich zu dem, was ihm geblüht hätte, wenn er mit Hasch erwischt worden wäre. Nicht mal annähernd. Einmal, als er komplett betrunken gegen die Steinmauer gefahren war, die ihr Grundstück umgab, hatte ihm sein Vater allen Ernstes gesagt: »Nun, das wirst du bestimmt nicht wieder tun.« Clark sagte, seine Mutter sei ausgeflippt – was, wenn er verunglückt wäre oder, noch schlimmer, eine Behinderung beibehalten hätte wie sein Bruder? Was, wenn er jemand anderes totgefahren hätte? Aber haben sie sich geweigert, ihm ein neues Auto zu kaufen? Nein. Haben sie ihm Auflagen für das Fahren gemacht? Nein. Ihm die Alkoholvorräte weggenommen? Nichts dergleichen. Es blieb alles beim Alten.

Sie flippten auch nicht aus, als Clark die Strafzettel nur so sammelte und einmal – erstaunlich, dass es nur einmal vorgekommen war – eine Strafe wegen rücksichtslosen Fahrens kassierte, weil er sich auf dem Highway durch den Verkehr geschlängelt hatte, um vorwärts-, vorwärts-, vorwärtszukommen. Immer wollte er der Erste sein, und es war ihm vollkommen egal, wen er dabei schnitt oder zu Tode erschreckte. Wenn ihm jemand den Finger zeigte, tat er es ihm gleich und ließ den Betreffenden im Staub zurück. Hätte Mr Carson darüber Bescheid gewusst, es hätte ihn vermutlich herzlich wenig gekümmert. Vermutlich hätte er gesagt, dass Clark nur ein wenig Dampf ablassen musste.

»Fakt Nummer zwei«, sagte Mr Carson, »mein Sohn

hat nichts getan, um so etwas heraufzubeschwören – außer vielleicht, dass er ein schlechtes Urteilsvermögen bewiesen und gegen unser beider Rat – den von seiner Mutter und mir – weiterhin Umgang mit Martin Genovese gepflegt hat. Fakt Nummer drei: Es waren Martins Verbindungen zum Drogenhandel, die zum Tod meines Sohnes geführt haben.«

Fakt?

»Ich dachte, das ist nur eine Theorie«, sagte ich. »Ich dachte, die Polizei sei sich nicht sicher.«

Mrs Carson starrte mich an, als wäre ich eine Schnecke auf ihren preisgekrönten Rosen.

»Es ist die einzige Richtung, in die sie ermitteln«, erwiderte er. »Sag du mir, was das bedeutet. Fakt Nummer vier, du warst in dem Auto, also liegt es in deiner Macht, der Polizei einen Hinweis zu geben. Wie ich schon sagte, die Polizei kann dir nichts anlasten, denn wie sie mir erklärt haben, gibt es keinen stichhaltigen Beweis, dass du die Ermittlungen behinderst. Doch eins verspreche ich dir, junge Dame: Wenn du der Polizei nicht *in irgendeiner Form* dabei hilfst, den Mörder meines Sohnes festzunehmen, dann kann ich dein Leben ziemlich unangenehm werden lassen. Und das werde ich auch tun. Du weißt, was ich mache, oder, Tegan?«

Was er *machte?*

»Sie meinen, beruflich?«

Er nickte.

»Ich weiß, dass Ihnen ein paar Firmen gehören.« Das wusste jeder.

»Weißt du auch, welche?«

Ich schüttelte den Kopf. Clark hatte mal etwas von einer Holdinggesellschaft gesagt. Als ich nachgefragt hatte, hatte er mir erklärt, dass das eine Firma war, die andere Firmen besaß. Er hatte ein paar Namen erwähnt, die mir irgendwie bekannt vorkamen, doch ich war mir nicht sicher, mit was genau sie sich beschäftigten. Und dann war da noch die Bäckerei, die Mrs Carson aufgemacht hatte und die eine Menge Presse bekam, da alles, was nicht wieder in das Geschäft investiert wurde, wohltätigen Zwecken gespendet wurde.

»Nun, unter anderem gehört mir ein Unternehmen, das den Betrieb kontrolliert, in dem deine Mutter arbeitet.«

In diesem Moment wusste ich, was als Nächstes kommen würde. Und er enttäuschte mich nicht.

»Du weißt, dass die Wirtschaft momentan in einer ziemlich schwierigen Lage ist, oder?«, fragte er. »In vielen Firmen wurden Leute entlassen. Und es wäre doch jammerschade, wenn deine Mutter ihren Job verlieren würde.«

Ich konnte es nicht glauben. Ich warf Mrs Carson einen Blick zu, die auf einmal gar nicht mehr wie jemand wirkte, der an Wohltätigkeit interessiert war, dann sah ich Mr Deacon an.

»Sie drohen mir, Mr Carson?«, fragte ich.

»Nein, das tue ich nicht, und ich bin sicher, Mrs Carson und Mr Deacon können das bezeugen. Abgesehen davon habe ich im Tagesgeschäft kein direktes Mitspracherecht.«

Genau. Aber ich schätzte, er hatte jede Menge indirektes Mitspracherecht.

»Denk darüber nach, Tegan«, sagte er. Er stand auf, streckte den Arm aus und half seiner Frau auf. Mr Deacon warf ein wenig Geld auf den Tisch, um den Tee zu bezahlen, den keiner von uns angerührt hatte. Dann verließen sie gemeinsam das Restaurant.

Ich zitterte, als ich Detective Zorbas eine Stunde später über den Tisch hinweg ansah.

»Sobald ich eine Möglichkeit habe, werde ich mit Mr Carson sprechen, Tegan«, sagte er.

»Aber das kann er doch nicht wirklich tun, oder? Er kann meine Mutter nicht entlassen … oder?«

»Er hätte dir nicht damit drohen dürfen, sie deinetwegen rauswerfen zu lassen. Aber die Wirtschaft steckt wirklich in der Krise, und wenn gleichzeitig auch noch andere Leute entlassen werden … Er ist aufgewühlt. Aber ich werde mit ihm reden.«

Ich zögerte, bevor ich die nächste Frage stellte.

»Er sagte, Sie seien sich ziemlich sicher, dass die Schießerei mit Drogen in Verbindung stünde.«

»Ich kann nicht sagen, dass wir uns im Moment über irgendetwas sicher sind.« Er zählte mir die Fakten auf. Es mag dumm sein, aber mir war nie in den Sinn gekommen, dass die Polizei Clarks und Martins Mörder nicht finden könnte. Im Fernsehen oder im Kino fiel ihnen immer irgendetwas ein. Doch Detective Zorbas schien tatsächlich mit seinem Latein am Ende. Keine Patronenhülsen. Keine Fingerabdrücke. Keine Haare. Keine Textilfasern. Keine Schuhabdrücke. Auf der Straße war niemand gesehen worden. Niemand hatte mitbekommen, dass sich jemand vom Tatort entfernt hätte. Niemand hatte ein Auto wegfahren sehen. Niemand wusste von jemandem, der wütend auf Clark oder Martin gewesen sein könnte. Die Polizei hatte absolut keine Spur.

»Was wir wissen, ist, dass Martin mit Drogen zu tun hatte«, sagte Detective Zorbas. »Ich dachte, er hätte seine Lektion gelernt, aber …«

Seine Lektion gelernt?

»Wie meinen Sie das?«

Zorbas blickte mich ruhig an. »Er hat es dir nicht erzählt?«

»Mir was erzählt?«

»Dass er verhaftet wurde. Wegen Drogenbesitzes.«

»Martin wurde verhaftet?« Nein, das konnte nicht sein. Wenn Martin verhaftet worden wäre, hätte ich davon gehört. Die ganze Schule hätte davon gehört.

»Das war vor sechs … nein sieben Monaten. Da wurde er festgenommen. Soweit ich informiert bin, hat er seinen Freund Clark angerufen und Clark seinen Vater. Irgendeine Vereinbarung wurde getroffen. Die Anklage wurde unter der Bedingung fallen gelassen, dass Martin eine Entziehungskur machen und erfolgreich abschließen würde.«

»Eine Entziehungskur?« Das konnte nicht sein! »Das klingt, als wäre er ein Junkie gewesen oder Crystal-abhängig oder so.«

»Er hat mit Drogen gedealt, Tegan.«

»Er hat seinen Freunden ab und an Hasch besorgt. Das heißt doch nicht, dass er ein Dealer war.«

»Das ist Haarspalterei, und ich glaube, das weißt du. Er hat sich Drogen von einem Dealer besorgt und sie an seine Freunde weiterverkauft. Laut Gesetz ist das Dealen. Ich weiß, dass er an dem Entzugsprogramm teilgenommen und mit den Drogen aufgehört hat.«

War das der Grund, warum Martin auf einmal so verbissen geworden war? Hatte er deswegen nicht mehr feiern wollen? Weil er geschnappt worden war und eine Vereinbarung getroffen hatte?

»Aber ganz offensichtlich hat das nicht vorgehalten. In der Nacht, in der er erschossen wurde, war er bekifft.«

Gott, und das war wahrscheinlich meine Schuld.

Ich hatte ihm in den Ohren gelegen: *Komm schon, Martin, sei nicht so ein Langweiler. Lass uns ein bisschen Spaß haben. Besorg uns was von dem Zeug. Für mich? Bitte? Ich bin so müde von der ganzen Lernerei. Und es ist eine Party. Da sollten wir uns ein bisschen entspannen.* Ich hatte den Ausdruck auf seinem Gesicht gesehen. Ich hatte das Gefühl gehabt, dass er Nein sagen würde, und das hatte mich sauer gemacht. Was war nur mit ihm los?

Jetzt wusste ich es.

An jenem Abend … hatte er mir das Zeug gegeben und gesagt: »Hier. Ein Geschenk.« Und er hatte mir tief in die Augen gesehen. »Ich muss mit dir reden, Tegan.« Und ich dumme Kuh hatte gedacht, er würde mir sagen, dass er an mir interessiert sei, dass wir ein tolles Paar abgaben und zusammen sein sollten. Er schien so nervös, und Jungs sind immer nervös, wenn sie einem ihre Liebe gestehen. Ich meine, es besteht ja immer die Möglichkeit, zurückgewiesen zu werden, nicht wahr? Aber wahrscheinlich war er gar nicht deswegen so nervös. Zumindest nicht, wenn man Gina glauben konnte. Vielleicht war er eigentlich drauf und dran gewesen, mir ein Messer ins Herz zu rammen. Vielleicht hatte er mir sagen wollen, was er für Kelly empfand. Vielleicht war er deswegen so nervös gewesen. Lieber Himmel, wahrscheinlich hatte er nur deswegen Ja gesagt, nachdem er monatelang die totale Spaßbremse gewesen war.

Wahrscheinlich hatte er nur deswegen irgendwann nachgegeben und einen Joint mit mir geraucht, nachdem er mir einen halben Abend lang erzählt hatte, er habe keine Lust dazu.

»Die Drogenszene verändert sich, Tegan«, sagte Detective Zorbas. »Ein paar der Dealer sind nicht mehr so nett unterwegs, wenn du verstehst, was ich meine. Und Martin wusste das. Wir dachten, er hätte es kapiert – Jugendliche, die in Drogengeschäfte verwickelt werden, bleiben am Ende oft an den falschen Leuten hängen. Leuten mit Pistolen. Wir haben versucht, rauszufinden, wer Martins Verbindung war, aber bislang haben wir keine Ahnung.«

Er blickte mich finster an. »Hast du irgendeine Ahnung, wo er das Zeug herbekommen hat?«

»Ich habe ihn nie gefragt. Schätze, ich wollte es nicht wissen.«

Er verschränkte die Arme vor der Brust und musterte mich ein paar Augenblicke lang.

»Die Gangs, die in dieser Stadt mit Drogen handeln, sind nicht dumm«, sagte er endlich. »Es sind Verbrecher, aber sie sind informiert. Sie lesen Zeitung, hören sich die Nachrichten an, und sie sind im Internet.«

Ich runzelte die Stirn. Worauf wollte er hinaus?

»Wir haben deinen Namen nicht rausgegeben, Tegan. So etwas tun wir nicht. Trotzdem taucht er überall in den Medien und im Netz auf. Verstehst du, was ich sagen will?«

»Sie meinen, die wissen, wer ich bin?«

»Wer auch immer es war, weiß, dass du uns nichts erzählt hast, dass sie fürs Erste mit dem Mord davongekommen sind. Tegan, wir sind ziemlich gut in dem, was wir tun. Aber im Gegensatz zu dem, was du in Serien siehst, müssen wir manchmal auch darauf vertrauen, dass uns ganz normale Leute weiterhelfen. Leute wie du, Leute, die etwas gesehen oder gehört haben oder von etwas wissen – irgendwas. Solche Leute können uns genau den Vorteil verschaffen, den wir brauchen. Mit solchen Leuten können wir am Ende jemanden festnehmen. Und dann gibt es Fälle wie diesen – wenn Gangs im Spiel sind, haben die Leute zu viel Angst, mit der Sprache rauszurücken. Und, Tegan, ich verstehe, warum sie Angst haben. Aber wenn keiner bereit ist, etwas zu sagen, haben wir nichts in der Hand. Der Mörder bleibt auf freiem Fuß. Die Gangs machen weiter. Sie wissen, dass sie die Leute einschüchtern können, und genau das tun sie. Das macht die Stadt – deine Stadt, Tegan – zu einem weniger lebenswerten Ort.«

»Ich habe nichts gesehen«, sagte ich zum gefühlt einmillionsten Mal. »Warum glaubt mir denn keiner?«

»Ich bitte dich nur darum, alles noch mal zu überdenken. Denk an die Male, an denen Martin Drogen dabeihatte. Erinnerst du dich, dass er gesagt hätte, wo er sie herhat? Hat er einen Namen genannt? Wie ist seine Verbindung zur Drogenszene zustande gekommen? Hat jemand aus der Schule den Kontakt hergestellt? Hat er je gesagt, dass er irgendwo hinmuss, vielleicht, um etwas zu holen? Das mag nicht wichtig erscheinen, aber es könnte den entscheidenden Hinweis geben. Denk einfach darüber nach, okay, Tegan? Denk darüber nach und lass mich wissen, ob dir etwas eingefallen ist.«

Ich sagte, dass ich das tun würde, doch ich kam mir wie eine Lügnerin vor, denn ich wusste überhaupt nichts.

Als ich die Polizeiwache verließ, war ich ziemlich aufgewühlt. Der Mörder wusste, wer ich war. Er wusste, auf welche Schule ich ging und wie ich aussah – auf der »Was Tegan gesehen hat«-Seite gab es ein Foto von mir. Und er wusste auch, dass die Polizei mich verhört hatte. Was, wenn ihn das, was ich gesehen hatte, so langsam nervös machte? Was, wenn er anfing, mich zu stalken, und darauf wartete, mich allein abpassen zu können? Was, wenn er beschloss, sicherzustellen, dass ich nie irgendwas sagen würde? Was wenn …?

Mit einem Ruck fuhr ich mitten in der Nacht hoch. Mein Herz raste, ein stummer Schrei hallte in meinem Kopf wider. Ich hatte Martins und Clarks Mörder von Angesicht zu Angesicht gegenübergestanden. Er hatte sich im Schatten aufgehalten, also hatte ich nicht allzu viel erkennen können – nichts als einen langen schwarzen Fleck, der sich vom Schwarz der Schatten abhob. Ich hatte sein Gesicht nicht gesehen, aber ich hatte seine Stimme gehört. Er hatte gelacht.

Gelacht, weil er zwei Menschen umgebracht hatte und ungeschoren davongekommen war.

Gelacht, weil noch eine andere Person in dem Auto gesessen hatte, als er den Abzug betätigte, und diese Person – nämlich ich – der Polizei bislang noch kein Wort gesagt hatte.

Er hatte mich ausgelacht, weil er mich so verängstigt hatte, dass ich schwieg. Und weil alle das wussten.

Er hatte über meine schreckliche Furcht gelacht, denn sie war der Garant für seine Freiheit.

Er hatte über mich gelacht, die kleine, verängstigte Tegan.

21

Kelly

INNEN – KÜCHE DER TYRELLS – NACHT

KELLY und MRS TYRELL sitzen an einem kleinen Tisch in der Küche. Jede von ihnen hat einen Teller vor sich, und jede von ihnen schiebt das Essen darauf herum, isst jedoch nichts. MRS TYRELL starrt immerzu an die Decke, KELLY ins Leere. Sie fummelt an dem Anhänger herum, der an einer goldenen Kette um ihren Hals hängt.

MRS TYRELL

Seit sie aus der Schule nach Hause gekommen ist, ist sie da oben. Sie ist vollkommen durcheinander. Ich weiß, dass etwas passiert ist, aber sie will mir nicht sagen, was.

KELLY sagt nichts. Sie hört ihrer Mutter gar nicht zu.

MRS TYRELL (WEITER)

Und? Weißt du etwas?

KELLY

Hm?

MRS TYRELL

Ihr wart den ganzen Tag in derselben Schule. Du musst etwas gehört oder gesehen haben. Machen die anderen ihr das Leben schwer?

KELLY

Keine Ahnung. Ich habe mein eigenes Leben, Mom. Meine eigenen Probleme.

KELLY nimmt ihren Teller, steht auf, kratzt das Essen in den Müll und legt den Teller in die Spüle.

KELLY (WEITER)

Ich habe noch Hausaufgaben auf.

KELLY verlässt die Küche.

SCHNITT AUF:
INNEN – HAUS DER TYRELLS, FLUR IM OBEREN STOCKWERK – NACHT

KELLY kommt die Treppe hoch und geht den Flur entlang zu ihrem Zimmer. Vor einer geschlossenen Tür bleibt sie stehen – vor der Tür zu Tegans Zimmer. Sie starrt sie an. Es ist vollkommen still im Flur. Sie hebt die Hand und greift nach dem Türknauf. Für einen Moment scheint sie wie erstarrt. Sie lässt ihre Hand sinken und geht weiter zu ihrem eigenen Zimmer, das sie gleich darauf betritt.

SCHNITT AUF:
INNEN – KELLYS ZIMMER – NACHT

KELLY sitzt auf ihrem Bett und starrt auf die nun geschlossene Tür.

KELLY

(in die Kamera)

Wenn Anna und die Polizei recht haben, dann

ist es Tegans Schuld. Martin war von den Drogen losgekommen, ja er hatte sogar eine Entziehungskur gemacht. Er wollte nichts mehr mit dem Zeug zu tun haben. Aber Tegan hat ihn nicht in Ruhe gelassen. Sie ist ihm immerzu auf die Nerven gegangen, und ein paar der anderen auch, schätze ich. Einige seiner sogenannten Freunde, die ihn benutzt haben, um an ihren Stoff kommen.

Sie steht auf und geht zur Tür. Wieder streckt sie die Hand aus, genau wie vorhin, als sie vor Tegans Tür gestanden hat. Und wieder lässt sie sie sinken.

KELLY (WEITER)

Aber würde sie Martins Mörder wirklich davonkommen lassen? Vielleicht ja, wenn sie sehr verängstigt wäre. Ich meine, wahrscheinlich würden ihr die Cops Schutz anbieten, aber was könnten sie schon tun, wenn der Typ zu einer Gang gehört? Es ist ja nicht so, dass man Tegan 24 Stunden am Tag unter Polizeischutz stellen könnte. Dafür haben die gar nicht genug Leute. Und diese Gangs vergessen nicht so schnell. Insofern, ja, vielleicht hat sie Angst. Vielleicht hätte ich an ihrer Stelle auch Angst.

KELLY dreht sich um und geht wieder zu ihrem Bett. Sie setzt sich hin und verschränkt die Hände in ihrem Schoß.

KELLY (WEITER)

Aber wie geht noch mal der Spruch? Ich weiß es nicht mehr genau … Irgendwas von wegen, dass das Böse nur dann gewinnt, sofern die Guten nichts dagegen unternehmen. Wenn Tegan etwas gesehen hat, dann sollte sie das Richtige tun, auch wenn sie Angst hat. Ansonsten kommt der Mörder ungeschoren davon. Vielleicht gibt es noch einen anderen Grund, aus dem sie nichts sagt.

Ihre Finger tasten nach der Kette um ihren Hals.

KELLY (WEITER)

Vielleicht war sie böse auf Martin – wegen mir. Vielleicht ist die Verweigerung ihre Art, mit ihm abzurechnen. Ist das möglich? Ist meine Schwester wirklich so ein Mensch?

22

Tegan

Beruhig dich, sagte ich mir. Alles wird gut.

Doch das würde es nicht.

Wie sollte es?

Als ich sagte, dass ich nicht gesehen hätte, wer es war, hatte mir niemand geglaubt.

Niemand hatte mit mir gesprochen oder mich auch nur angeschaut.

Clarks Dad hatte damit gedroht, meine Mutter feuern zu lassen.

Detective Zorbas hatte gesagt, der Täter würde wahrscheinlich alles über mich wissen. Wo ich wohnte, wo ich zur Schule ging … wo er mich finden konnte. Was

Zorbas mir eigentlich sagen wollte, war: Der Typ läuft da draußen frei herum, weil du nichts unternommen hast.

Aber was sollte ich denn tun?

Was sollte ich tun?

Ich habe keine Ahnung, wie lange ich auf dem Bett gesessen und mir immer und immer wieder dieselbe Frage gestellt habe.

Noch immer konnte ich nicht glauben, wie schnell sich alles verändert hatte. In einem Moment war mein Leben noch ganz normal gewesen – und ich glücklich. Wir hatten die Zwischenprüfungen überstanden, und ich tat das, was ich am liebsten machte: Spaß haben und mit meinen Freunden relaxen. Und so wie Martin mich angesehen hatte, war ich mir sicher, dass Gina falschlag. Martin hatte kein Interesse an Kelly, sondern an mir. Auf dem Weg zum Auto, als er stolperte, einen Arm um meine Taille legte und mir sagte, wie toll, wie atemberaubend gut ich aussehen würde, war ich mir sogar noch sicherer. Ich konnte es nicht erwarten, in Clarks Auto einzusteigen. Ich wollte nach Hause. Ich wollte, dass Martin ausstieg und mich zur Veranda begleitete. Ich wollte, dass er mich an sich zog und mich küsste. Es würde passieren. Ich wusste es.

Und dann hatte sich alles geändert.

Jetzt war Martin tot, und alle hassten mich, weil ich nichts unternahm. Aber was sollte ich denn tun?

Und dann, *peng*, wie der Schuss, mit dem alles angefangen hatte, wusste ich die Antwort.

Ich sprang vom Bett und öffnete meine Zimmertür. Ich lief über den Flur zu Kellys Zimmer. Sie hasste mich mehr als jeder andere, doch ich brauchte Hilfe. Ich pochte an ihre Tür.

»Was?«, knurrte sie.

»Ich muss mit dir reden.«

Für einen Moment war es still, dann öffnete sich die Tür.

»Was?«, fragte sie erneut und blickte mich finster an.

»Ich brauche deine Hilfe.«

Sie starrte mich an und begann, die Tür wieder zu schließen. Ich streckte die Hände aus, um sie aufzuhalten.

»Bitte, Kel! Es ist wichtig.«

»Wegen dir ist Martin tot.«

»Ich weiß.«

Der finstere Blick verschwand aus ihrem Gesicht, ihr Misstrauen jedoch nicht.

»Was willst du?«

»Deine Vlog-Kamera.«

»Wozu?«

»Kel, darf ich sie benutzen oder nicht?«

Wieder starrte sie mich an. »Du weißt doch gar nicht, wie.«

»Dann zeig es mir. Du erzählst mir doch immer, wie einfach das geht.« In Wirklichkeit pflegte sie zu sagen, dass sie nicht verstand, wie ich mit etwas nicht zurechtkommen konnte, was sogar ein undressierter Affe hinkriegen würde.

Es brauchte noch ein paar Augenblicke, aber schließlich trat sie zur Seite und ließ mich herein.

»Was hast du vor, Teeg?«

»Erklär mir einfach nur, wie das geht, okay, Kel? Und wie ich das Video, das ich gemacht habe, hochladen kann.«

»Hat das was mit Martin zu tun?«

»Zeig's mir und ich schulde dir richtig was. Du kriegst alles, was du willst. Alles.«

Noch ein paar Augenblicke verstrichen. Ich hatte Angst, sie würde Nein sagen.

Stattdessen meinte sie: »Setz dich.«

Ich ließ mich vor ihrem Laptop nieder. Sie zog einen Stuhl neben mich.

»Okay«, sagte sie. »Also die Kamera funktioniert so.«

Sie musste es mir ein paar Mal zeigen und war wie immer völlig genervt, doch irgendwann hatte ich das Gefühl, zu wissen, was ich tat. Dann ließ sie sich im

Schneidersitz auf ihrem Bett nieder. Offensichtlich hatte sie vor, mir zuzuschauen.

»Ähm, ich müsste bitte allein sein«, erklärte ich.

»Wenn du allein sein willst, solltest du in dein eigenes Zimmer gehen.«

»Bitte, Kel?« Noch nie in meinem ganzen Leben habe ich sie so oft angebettelt.

»Na gut«, erwiderte sie schließlich und ging polternd aus dem Zimmer. Ich hörte, wie sie die Treppe hinuntertrampelte. Und ich hörte Mom fragen, ob eine Herde Elefanten im Haus unterwegs sei.

Ich stand auf und machte die Tür zu. Dann setzte ich mich wieder vor den Laptop und machte mich ans Werk.

23

Kelly

KELLY liegt zusammengerollt auf dem Sofa und schläft tief und fest vor dem Fernseher, der eingeschaltet und auf leise gestellt ist. Sie bewegt sich. Ihre Augen öffnen sich ein wenig. Sie streckt sich. Langsam richtet sie sich auf. Gähnend greift sie nach der Fernbedienung und zappt zu einem anderen Sender. Ihr Blick fällt auf die Uhrzeit, die unten in der rechten Ecke des Bildschirms eingeblendet ist. Sechs Uhr früh. Sie schaltet den Fernseher aus, steht auf und streckt sich noch einmal ausgiebig, indem sie die Arme über den Kopf reckt und den

Rücken so weit durchbiegt, dass er gedehnt wird. Sie kratzt sich, fährt sich mit der Zunge über die Zähne und verzieht das Gesicht. Dann geht sie in Richtung Treppe.

SCHNITT AUF:
INNEN – HAUS DER TYRELLS, FLUR IM OBEREN STOCKWERK – TAG

KELLY kommt die Treppe herauf und geht über den Flur zu ihrem Zimmer. Vor Tegans Zimmer hält sie inne, öffnet die Tür und späht hinein. Tegan ist nicht da. Ihr Bett ist gemacht. KELLY runzelt die Stirn. Sie geht weiter zu ihrem eigenen Zimmer und öffnet die Tür. Dort ist Tegan auch nicht.

SCHNITT AUF:
INNEN – KELLYS ZIMMER – TAG

KELLY stolpert durch das Zimmer zu ihrem Bett. Sie lässt sich gerade darauf nieder, als sie merkt, dass ihr Laptop noch an ist. Sie geht zu dem Tisch hinüber und setzt sich. Sie sieht einen Zettel, auf den jemand etwas gekritzelt hat – die URL der »Was Tegan gesehen hat«-Webseite. Stirnrunzelnd geht KELLY auf die Seite und sieht, dass ein Video gepostet wurde. Sie klickt es an, um es sich anzusehen. Eine Nahaufnahme von TEGANS Gesicht erscheint. Sie blickt Kelly direkt aus dem Bildschirm entgegen und spricht.

TEGAN

Mein Name ist Tegan Tyrell. Ich war mit Clark Carson und Martin Genovese im Auto, als sie erschossen wurden. Die Leute haben gesagt, ich müsste gesehen haben, wer meine Freunde getötet hat.

KELLYs Gesicht in Großaufnahme. Sie starrt auf den Bildschirm.

TEGANS STIMME

(aus dem Off)

Die Leute haben gesagt, ich hätte der Polizei nichts erzählt, weil ich befürchte, ich könnte das nächste Opfer sein. Sie sagen, ich hätte Angst.

Der Computerbildschirm und TEGANs Gesicht in Großaufnahme.

TEGAN

Ich habe viel darüber nachgedacht, was die Leute gesagt haben und warum sie es gesagt haben. Ich weiß, es kommt daher, dass sie Clark und Martin geliebt haben. Das verstehe ich. Das respektiere ich. Und alle sollen wissen, dass ich keine Angst habe. Vielleicht hatte ich das … ich kann nicht mal ansatzweise beschreiben, wie es ist, zu sehen, was ich in jener Nacht gesehen habe. Ich konnte tagelang nicht schlafen. Vor meinem geistigen Auge habe ich es immer wieder …

TEGAN verstummt und zum ersten Mal flackert ihr Blick. Für einen kurzen Moment blickt sie zu Boden, bevor sie wieder die Kamera fixiert.

TEGAN (WEITER)

Ich habe keine Angst. Dieses Video ist für denjenigen, der Clark und Martin erschossen hat. Ich nehme an, du bist ein menschliches Wesen. Und ich nehme an, dass dir irgendwie auch leidtut, was du getan hast. Also gebe ich dir bis morgen zum Sonnenaufgang, um das Richtige zu tun – dich der Polizei zu stellen. Wenn mir die Polizei sagt, dass du dich nicht gestellt hast, werde ich selbst dorthin gehen und sagen, wer du bist. Ich habe keine Angst mehr. Ich werde das Richtige tun.

KELLY starrt auf den Bildschirm. Langsam steht sie auf und greift nach ihrem Handy.

SCHNITT AUF:
INNEN – HAUS DER TYRELLS, FLUR IM OBEREN STOCKWERK – TAG

KELLY stürzt aus dem Raum und rast wieder zu Tegans Zimmer. Sie blickt hinein, als würde sie hoffen, dass sich ihre Schwester dort auf wundersame Weise materialisiert hat, doch das ist nicht der Fall. Sie starrt auf die Uhr auf Tegans Nachttisch. Dann sprintet sie nach unten, schlüpft in ihre Sneakers, schnappt sich eine Jacke und rennt nach draußen.

SCHNITT AUF:
AUSSEN – STRASSE VOR DEM HAUS DER TYRELLS – TAG

KELLY befindet sich auf der Straße und blickt verzweifelt nach links und rechts. Als sie niemanden sieht, entscheidet sie sich für eine Richtung.

SCHNITT AUF:
AUSSEN – STRASSENECKE – TAG

Keuchend kommt KELLY an der Straßenecke an. Sie hält einen Moment inne, um wieder in beide Richtungen zu blicken.

KELLY
(schreit)
Tegan!

KELLY zieht ihr Handy aus der Tasche und wählt die 9–1-1. Während sie ins Telefon spricht, sprintet sie weiter. Sie kommt an eine andere Straßenecke.

SCHNITT AUF:
AUSSEN – ZWEITE STRASSENECKE – TAG

KELLY bleibt stehen und lässt das Telefon sinken. Weiter vorne, zwei Blocks entfernt, sieht sie TEGAN. Sie geht in gleichmäßigem Tempo. KELLY stößt einen erleichterten Seufzer aus.

KELLY
(ins Telefon)
Alles okay. Falscher Alarm.

KELLY steckt ihr Handy in die Tasche und legt einen Zahn zu, rennt ihrer Schwester hinterher. Unterdessen biegt vor ihr ein schwarzer Van um die Ecke. Langsam und fast lautlos fährt er die verlassene Straße entlang. Während KELLY ihn beobachtet, wird das Fenster auf der Fahrerseite heruntergelassen. Etwas glänzt in der aufgehenden Sonne.

SCHNITT AUF:

AUSSEN – STRASSE – TAG

TEGAN wendet sich zu dem Wagen um. Ihre Augen weiten sich und ihre Lippen formen ein großes »O«. Sie wirbelt herum und läuft dem Wagen davon. Ein gedämpftes Geräusch ist zu hören. TEGAN sackt auf dem Gehweg zusammen.

SCHNITT AUF:

AUSSEN – STRASSE – TAG

KELLY in Großaufnahme. Sie schreit.

SCHNITT AUF:

AUSSEN – STRASSE – TAG

Der Van braust die Straße hinab, biegt ab und verschwindet außer Sichtweite.

SCHNITT AUF:
INNEN – WARTEBEREICH IM KRANKENHAUS – TAG

KELLY und MRS TYRELL sitzen in einem Wartezimmer. Beide sehen erschöpft aus. MRS TYRELL trinkt Kaffee aus einem Pappbecher. KELLY telefoniert. DETECTIVE ZORBAS kommt hinzu. KELLY beobachtet, wie er mit einer Krankenschwester spricht.

KELLY

(ins Handy)

Anna, ich muss Schluss machen. Ich ruf dich später an.

DETECTIVE ZORBAS nähert sich Kelly und Mrs Tyrell.

DETECTIVE ZORBAS

Mrs Tyrell? Mir wurde gesagt, dass Tegan bald aus dem OP kommen sollte.

MRS TYRELL blickt auf und sieht ihn aus müden, geröteten Augen an. DETECTIVE ZORBAS drückt ihr die Schulter. Sein Blick wandert zu Kelly.

DETECTIVE ZORBAS (WEITER)

Ich habe gehört, du hast alles mit angesehen.

KELLY nickt.

DETECTIVE ZORBAS (WEITER)

Wir müssen reden, Kelly.

(blickt sich um)

Komm.

KELLY steht auf. Sie folgt ihm in eine freie Ecke des Wartebereichs und setzt sich auf den Stuhl, auf den er deutet. Er zieht sich einen Stuhl ihr gegenüber heran.

DETECTIVE ZORBAS (WEITER)

Du musst mir ganz genau beschreiben, was passiert ist.

KELLY

Das habe ich den Beamten, die am Tatort aufgetaucht sind, alles schon gesagt. Alles, was mir zu dem Van und dem Fahrer eingefallen ist. Haben Sie ihn gefunden?

DETECTIVE ZORBAS

Sie suchen noch nach ihm. Deine Beschreibung des Autos und die Teile des Kennzeichens, die du gesehen hast, waren uns eine große Hilfe. (Pause.) Kelly, du musst mir alles erzählen, was du ihnen erzählt hast. Alles, an was du dich erinnerst.

KELLY

Letzte Nacht kam sie in mein Zimmer. Sie sagte, sie wolle meine Kamera benutzen und ob ich ihr zeigen könne, wie man sie benutzt. Sie hat ein Video gemacht und es online gestellt. In dem Video sagte sie, sie habe keine Angst, der Polizei zu sagen, wer Martin und Clark erschossen habe. Sie sagte, wenn sich der Typ nicht freiwillig stellt, würde sie zur Polizei gehen.

KELLY blickt Detective Zorbas erschöpft an.

KELLY (WEITER)

Niemals hätte der sich freiwillig gestellt. Warum hat sie das geglaubt?

DETECTIVE ZORBAS

(stirnrunzelnd)

Was meinst du mit »Er hätte sich nicht freiwillig gestellt«? Kennst du den Mann?

KELLY nickt.

KELLY

Ich habe ihn mal vor der Praxis meines Zahnarztes gesehen. Clark hat ihm seinen Parkplatz geklaut. Er hat Clark gedroht und er hatte diese zwei Pitbulls dabei. Er sah ziemlich fies aus.

DETECTIVE ZORBAS

Und das war derselbe Typ, der auf Tegan geschossen hat?

KELLY

Es war sein Auto. Ich habe es erkannt. Ein schwarzer Lexus-Van. Ich habe nicht das ganze Nummernschild gesehen, aber einen Teil davon. Und einen der Hunde.

DETECTIVE ZORBAS

Hast du den Fahrer gesehen? Hast du ihn gesehen, als er auf Tegan geschossen hat?

KELLY schüttelt den Kopf.

KELLY

Aber es war sein Auto. Und sein Hund. Er war es. Ich habe eben mit Anna Genovese gesprochen. Sie hat mir erzählt, als sie vor einiger Zeit mal mit Clark unterwegs war – mit Clark und Martin –, seien sie die Straße entlanggegangen und Clark hätte den Wagen gesehen und ihn mit seinem Schlüssel zerkratzt. Sie sagte, es sei ein teures Auto gewesen – ein schwarzer Lexus. Der von dem Typen. Und drinnen hätten zwei Pitbulls gesessen.

Es klingelt. DETECTIVE ZORBAS zieht sein Handy aus der Hosentasche und schaut auf das Display.

DETECTIVE ZORBAS

(steht auf)

Entschuldige bitte. Da muss ich rangehen.

DETECTIVE ZORBAS entfernt sich ein paar Schritte und wendet Kelly den Rücken zu, um den Anruf so ungestört wie möglich entgegennehmen zu können. Als er wieder zu ihr zurückkommt, liegt ein grimmiger Ausdruck auf seinem Gesicht.

DETECTIVE ZORBAS (WEITER)

Die Beamten haben den Van gefunden – und den Fahrer. Sie haben ihn mitgenommen, um ihn zu verhören. Du musst mir alles noch mal erzählen, Kelly. Erzähl mir alles von dem Typen, woran du dich erinnerst.

SCHNITT AUF:

INNEN – KRANKENHAUSZIMMER – NACHT

KELLY und MRS TYRELL sitzen ganz nah an Tegans Bett, betrachten sie und warten. Keine von ihnen sagt ein Wort. Beide konzentrieren sich vollkommen auf TEGAN, die sich gerade bewegt hat. Mrs Tyrell rückt an die vordere Kante ihres Stuhls und berührt die Hand ihrer Tochter. TEGAN schlägt die Augen auf. MRS TYRELL drückt ihr die Hand. Tränen laufen ihr über das Gesicht.

MRS TYRELL

Der Arzt sagt, du wirst wieder gesund. Er meint, du hättest sehr viel Glück gehabt.

TEGAN versucht zu lächeln. Für einen Moment schließt sie die Augen und öffnet sie dann wieder.

KELLY

Sie haben den Typen, Teeg. Den Typen, der auf Martin, Clark und dich geschossen hat. Sie haben ihn.

TEGAN nickt fast unmerklich. Wieder schließt sie die Augen.

24

Tegan

Einen Tag nachdem auf mich geschossen wurde, hat mich Detective Zorbas besucht. Er hatte Bilder dabei, die ich mir ansehen sollte, mehrere Bögen, und auf jedem Bogen waren sechs Fotos abgebildet.

»Ich weiß, dass dir im Moment nicht danach ist, Tegan«, sagte er, »aber du müsstest dir das hier anschauen und mir sagen, ob du jemanden darauf erkennst.«

Mein Mund war trocken und mein Hals tat weh. Die Krankenschwester hatte gesagt, das käme von dem Atemschlauch, den sie mir eingeführt hatten. Doch ich hatte kaum Schmerzen, was vor allem an den superstarken Schmerzmitteln lag. Ich nickte.

Detective Zorbas stand ganz nah an meinem Bett und zeigte mir die ersten sechs Fotos. Gewissenhaft sah ich mir jedes einzelne an und schüttelte dann den Kopf. Er zeigte mir die nächsten sechs. Sofort konzentrierte ich mich auf eins der Gesichter.

»Er hier«, sagte ich. Ich versuchte, den Arm zu heben, um auf das Gesicht zu deuten, doch es gelang mir nicht. Ich war zu steif und mein Arm zu schwer. »Der ganz unten in der Mitte«, fügte ich hinzu. Der mit dem dünnen Gesicht, den langen schwarzen Haaren und den schmalen Lippen, die eine Linie in seinem Gesicht zu bilden schienen. Der mit der Narbe und den kleinen, durchdringenden Augen, die in die Kamera blickten, als würde es ihn einen Dreck scheren, dass man ihn verhaftet hatte. Das eine Gesicht, das ich gesehen hatte, als ich den Van neben mir gehört und mich umgedreht hatte, um zu gucken, wer es war. Das letzte Gesicht, das ich gesehen hatte, bevor ich im Krankenhaus aufgewacht war und meine in Tränen aufgelöste Mutter erblickt hatte.

»Bist du sicher?«, fragte Zorbas.

Ich nickte. »Das ist der, der auf mich geschossen hat.«

»Das ist gut, Tegan.« Er holte einen Stift hervor und half mir, ihn zu halten, sodass ich meine Initialen neben das Foto setzen konnte, auf das ich gedeutet hatte.

Er legte alle Fotos zurück in einen braunen Umschlag. »Ist das auch der, der Clark und Martin erschossen hat?«

»Schätze schon.«

»Du schätzt? Du bist dir also nicht sicher?«

»Er muss es sein«, entgegnete ich. »Er hat auf mich geschossen.«

»Hast du ihn nicht wiedererkannt, von der Nacht, in der Clark und Martin getötet wurden?«

Ich schüttelte den Kopf. Eine schlechte Idee. Sofort begann sich der ganze Raum zu drehen. Ich hatte das Gefühl, mich gleich übergeben zu müssen.

»Ich habe nicht gesehen, wer sie erschossen hat. Ich habe nichts gesehen.«

»Aber dein Video ...«

»Sie sagten doch, der Täter würde die Webseite aller Wahrscheinlichkeit nach kennen. Sie sagten ...« Mein Mund war so schrecklich trocken und mein Hals tat weh. Ich versuchte, die Hand nach dem Wasserglas mit dem Strohhalm auszustrecken, das auf dem Nachttisch stand. Detective Zorbas sah, was ich da versuchte. Er nahm das Glas und steckte mir das Ende des Strohhalms in den Mund. Als ich fertig war, stellte er das Glas zurück auf den Tisch.

»Du hast ganz schön was riskiert, Tegan. Wenn deine Schwester dir nicht gefolgt wäre ...«

»Alle dachten, ich hätte ihn gesehen. Auch Sie. Sie dachten, ich hätte ihn gesehen.«

Er sah mich lange an, bevor er endlich zum Sprechen ansetzte.

»Ich hatte unrecht«, sagte er. »Es tut mir leid.«

Einer Menge Leuten tat es leid.

Gina kam mich besuchen. Sie weinte und sagte, sie könne nicht glauben, dass sie an mir gezweifelt habe. Sie bettelte mich regelrecht an, weiter mit ihr befreundet zu sein.

Auch Mr Genovese kam. Er sagte, es täte ihm leid. Was ich getan hätte, sei sehr tapfer gewesen und es würde Mrs Genovese und dem Rest der Familie sehr viel bedeuten, dass Martins Mörder angeklagt und verurteilt würde. Er sagte, er wolle mir die Belohnung geben, die er mir versprochen hatte. Ich antwortete, dass ich sie nicht wollte, doch dann sprach meine Mutter mit ihm. Sie meinte, sie würde das Geld in einen speziellen Fonds einzahlen, um meine Ausbildung zu finanzieren.

Einen Tag nach ihrem Vater kam Anna Genovese. Auch sie sagte, dass es ihr leidtäte, doch ich merkte, dass sie mir insgeheim noch immer die Schuld gab.

Von den Carsons hörte ich nichts.

25

Kelly

INNEN – FLUR IM KRANKENHAUS – TAG

KELLY steht im Flur, während Schwestern und Pfleger an ihr vorbeieilen und die Patienten in Bademänteln herumschlurfen.

KELLY

(in die Kamera)

Tegan wird entlassen. Wegen ihrer Muskelverletzung an der linken Schulter wird sie für eine Weile in die Reha müssen, aber der Arzt meint, sie wird wieder ganz gesund. Also, physisch zumindest. Sie ist ziemlich still, seit das passiert ist, und sie hat noch kein einziges »Ich hab's dir ja gesagt« von sich gegeben. Ich kann immer noch nicht fassen, dass sie ein solches Risiko eingegangen ist.

(schüttelt den Kopf)

Es ist verrückt. Sie hatte keine Ahnung, wer der Kerl war. Sie hatte ihn noch nie zuvor gesehen und Clark hatte ihn nie erwähnt. Und der Typ selbst – er sagte, er habe nicht gemerkt, dass noch jemand im Auto gewesen sei. Aber niemand hat ihr geglaubt. Sogar *ich* habe ihr lange nicht geglaubt. Alle haben gesagt, sie hätte den Typ sehen müssen, und wenn sie das Gegenteil behauptete, dann nur, weil sie Angst hätte. Sie haben sie einen Feigling genannt und sie wie Dreck behandelt.

Gegenüber von Kelly öffnet sich eine Tür.

MRS TYRELLS STIMME

(aus dem Zimmer heraus)

Kelly, komm und hilf mir mit den Sachen deiner Schwester.

KELLY

Ich komme.

(in die Kamera)

Sie sagten, sie sei ein Feigling. Und dass sie natürlich etwas gesehen hätte. Nur deswegen ist der Mörder nervös geworden. Er wusste – oder glaubte –, dass es einen Zeugen gab. Das hat Detective Zorbas gesagt. Und als Tegan dieses Video gepostet hat …

(schüttelt wieder den Kopf)

Das ist es wohl, was man Ironie des Schicksals nennt. Hätten die anderen Tegan geglaubt, als sie sagte, dass sie nichts gesehen hat, wäre der Typ wahrscheinlich davongekommen. Ich meine, ich wusste nicht, dass Clark den Van mit einem Schlüssel zerkratzt hat. Und Anna wusste nicht, dass der Typ Clark bedroht hatte. Keiner wusste das, denn Clark war es zu peinlich gewesen, irgendjemandem davon zu erzählen. Dabei hatte er sich die ganze Zeit an dem Kerl gerächt. Der Typ sagte aus, sein Van sei *drei Mal* zerkratzt worden – und einmal, kurz vor der Schießerei, habe er Clark dabei erwischt und ihn angeschrien, aber Clark sei weggerannt. Auch davon hatte Clark nichts erzählt. Dementsprechend wäre niemand auf den Typ gekommen. Niemand hätte je rausgefunden, dass er es war. Was das Motiv anging, lagen die Cops völlig falsch. Es wäre ein ungelöster Fall gewesen – nur dass alle irgendeine idiotische Meinung dazu gehabt hätten, was angeblich passiert sein musste, und das, obwohl sie gar nicht dabei gewesen waren. Sie haben Tegan einen Feigling genannt und sie zu einer Aussätzigen gemacht. Und sie hat das Einzige getan, was ihr einfiel, nämlich sich zu wehren. Das hat den Fall gelöst, nicht die spitzenmäßige Arbeit der Polizei.

MRS TYRELLS STIMME

(jetzt ungeduldig)

Kelly!

KELLY seufzt, als sie sich von der Wand abdrückt, an der sie bis eben gelehnt hat.

KELLY

(in die Kamera)

Seltsam, dieses Leben, was?

(zu ihrer Mutter)

Ich komme!

Sie verschwindet ins Krankenzimmer.

Autorin

Norah McClintock wuchs in Montreal auf und machte ihren Abschluss in Geschichte an der McGill University. Sie war fünffache Gewinnerin des »Ellis Award for Best Juvenile Crime Novel« und veröffentlichte über 60 Jugendbücher. Sie verstarb im Februar 2017.

Mehr über cbj auch auf Instagram